大山深处的森林号子

曹保明◎著

中国文史出版社
CHINA CULTURAL AND HISTORICAL PRESS

图书在版编目（CIP）数据

大山深处的森林号子／曹保明著．－－北京：中国
文史出版社，2020.10

ISBN 978－7－5205－2322－6

Ⅰ.①大… Ⅱ.①曹… Ⅲ.①纪实文学－中国－当代
Ⅳ.①I25

中国版本图书馆 CIP 数据核字（2020）第 182740 号

责任编辑：金硕

出版发行：**中国文史出版社**

社　　址：北京市海淀区西八里庄路 69 号院　　邮编：100142
电　　话：010－81136606　81136602　81136603　81136605（发行部）
传　　真：010－81136655
印　　装：北京温林源印刷有限公司
经　　销：全国新华书店
开　　本：660×950　1/16
印　　张：16
字　　数：200 千字
版　　次：2021 年 1 月北京第 1 版
印　　次：2021 年 1 月第 1 次印刷
定　　价：52.00 元

心怀东北大地的文化人

——曹保明全集序

　　二十余年来，在投入民间文化抢救的仁人志士中，有一位与我的关系特殊，他便是曹保明先生。这里所谓的特殊，源自他身上具有我们共同的文学写作的气质。最早，我就是从保明大量的相关东北民间充满传奇色彩的写作中，认识了他。我惊讶于他对东北那片辽阔的土地的熟稔。他笔下，无论是渔猎部落、木帮、马贼或妓院史，还是土匪、淘金汉、猎手、马帮、盐帮、粉匠、皮匠、挖参人等等，全都神采十足地跃然笔下；各种行规、行话、黑话、隐语，也鲜活地出没在他的字里行间。东北大地独特的乡土风习，他无所不知，而且凿凿可信。由此可知他学识功底的深厚。然而，他与其他文化学者明显之所不同，不急于著书立说，而是致力于对地域文化原生态的保存。保存原生态就是保存住历史的真实。他正是从这一宗旨出发确定了自己十分独特的治学方式和写作方式。

　　首先，他更像一位人类学家，把田野工作放在第一位。多年里，我与他用手机通话时，他不是在长白山里、松花江畔，就是在某一个荒山野岭冰封雪裹的小山村里。这常常使我感动。可是民间文化就在民间。文化需要你到文化里边去感受和体验，而不是游客一般看一眼就走，然后跑回书斋里隔空议论，指手画脚。所以，他的田野工作，从来不是把民间百姓当作索取资料的对象，而是视作朋友亲人。他喜欢与老乡一同喝着大酒、促膝闲话，用心学习，刨根问底，这是他的工作方式乃至于生活方式。正为此，装在他心里的民间文化，全是饱满而真切的血肉，还有要紧的细节、精髓与神韵。在我写这篇文章时，忽然想起一件事要向他求证，一打电话，他人正在遥远的延边。他前不久摔伤了腰，卧床许久，才刚恢复，此时天已寒凉，依旧跑出去了。如今，保明已过七十岁。他的一生在田野的时间更多，还是在城中的时间更多？有谁还比保明如此看重田野、热衷田野、融入田野？心不在田野，谈何民间文化？

更重要的是他的写作方式。

他采用近于人类学访谈的方式，他以尊重生活和忠于生活的写作原则，确保笔下每一个独特的风俗细节或每一句方言俚语的准确性。这种准确性保证了他写作文本的历史价值与文化价值。至于他书中那些神乎其神的人物与故事，并非他的杜撰；全是口述实录的民间传奇。

由于他天性具有文学气质，倾心于历史情景的再现和事物的形象描述，可是他的描述绝不是他想当然的创作，而全部来自口述者亲口的叙述。这种写法便与一般人类学访谈截然不同。他的写作富于一种感性的魅力。为此，他的作品拥有大量的读者。

作家与纯粹的学者不同，作家更感性，更关注民间的情感；人的情感与生活的情感。这种情感对于拥有作家气质的曹保明来说，像一种磁场，具有强劲的文化吸引力与写作的驱动力。因使他数十年如一日，始终奔走于田野和山川大地之间，始终笔耕不辍，从不停歇地要把这些热乎乎感动着他的民间的生灵万物记录于纸，永存于世。

二十年前，当我们举行历史上空前的地毯式的民间文化遗产抢救时，我有幸结识到他。应该说，他所从事的工作，他所热衷的田野调查，他极具个人特点的写作方式，本来就具有抢救的意义，现在又适逢其时。当时，曹保明任职中国民协的副主席，东北地区的抢救工程的重任就落在他的肩上。由于有这样一位有情有义、真干实干、敢挑重担的学者，使我们对东北地区的工作感到了心里踏实和分外放心。东北众多民间文化遗产也因保明及诸位仁人志士的共同努力，得到了抢救和保护。此乃幸事！

　　如今，他个人一生的作品也以全集的形式出版，居然洋洋百册。花开之日好，竟是百花鲜。由此使我们见识到这位卓然不群的学者一生的努力和努力的一生。在这浩繁的著作中，还叫我看到一个真正的文化人一生深深而清晰的足迹，坚守的理想，以及高尚的情怀。一个当之无愧的东北文化的守护者与传承者，一个心怀东北大地的文化人！

　　当保明全集出版之日，谨以此文，表示祝贺，表达敬意，且为序焉。

冯骥才

2020. 10. 20

天津

目录 Contents

第一章　伐木

冬夜，暴风雪的夜晚。

这是一年的最后一个夜晚了，被人称为"大年夜"。在城镇和乡间家家都团聚在一起吃饺子过年，可是在铺着厚厚白雪的长白山老林深处一间孤零零的木房子里，一个孤苦伶仃的伐木老汉也在过年。他剁完了肉馅儿，又把外屋灶坑里的木板子火烧得旺旺的，然后走回里屋上了炕准备包饺子。这时就听屋门"吱扭"一声响了，走进一个抱着小孩的小媳妇，说："老把头，咱俩一块过年吧。"说着，把包孩子的花被卷儿往炕上一放，盘腿往炕上一坐，就用手抓饺子馅往嘴里吃。伐木人想，这哪儿是人哪，再说，这方圆上百里的老林中也没有人家，就剩他一个无家可归的伐木者留下看山也看屋。于是老伐木者说："你等等，我再剁点儿馅儿，要不然咱俩不够吃。"

伐木人回身走到外屋，把开山斧伸进灶坑就烧上了。

等开山斧烧得通红的时候，老汉从灶坑里拎出开山斧就进了里屋，照准这小媳妇的后脖梗子就是一下子，只听"嗷"的一声一溜火星子，小媳妇从门口蹿出去就不见了。伐木人再一看炕上的被卷，也不是被卷，而是桦树皮。

他一层一层地剥开桦树皮，在最里边那层中包着一个小兔崽子。第二天早上，伐木者推开屋门，沿着门口的脚印翻过一座山头，在一棵大树下找到了一只死去的大兔子……

这样的故事，如果传到了格林或普希金的耳朵里，他们一定会欣喜若狂，接着他们便会创作出惊心动魄的童话故事来。可是在东北长白山的森林里，这样的故事太多了，多得就像黑土地上的大豆高粱。于是我常想，故事是属于幻想类别的，能发生的事项越少，美妙的故事就越多，故事是依靠自身的神奇内容来打发生活的寂寞的，甚至有人会埋怨那个伐木者，多好的一个小媳妇，盼都盼不来，送上门来的人，一块过日子呗……

那么，长白山里伐木人的生活究竟是什么样呢？

一、山场子活

伐木，就是把大树伐下、伐倒，又叫"采伐"，做这件事的人叫伐木人。

在地球北部的森林中，在长白山里，这些人被称为"拔大毛"的，或"放大毛"的，又称"做大木头"的。毛，指树，又叫"毛材"，是指一棵完整的树。

约5亿年前，地球发生了喜马拉雅和海里造山运动，欧亚大陆骤然崛起，火山爆发，长白山脉形成。在久远的岁月之中，草木逐渐在荒凉的石土上长起，形成了森林，森林给人类带来了生机，给荒落带来了人烟。当人类依靠林木而生存的时候，采伐便也悄然开始了。长白山采伐历史十分久远，据考古挖掘记载，远在石器时代吉林就有了采伐活动，在今和龙市曾出土过黑曜石锯，而据碳14确定，约3000年前在今吉林的乌拉街一带就有人使用铁锯进行森林采伐。

我国古代的元明时期，土人曾对长白山的木材进行过开发，据《长白林业志》载，清康熙十六年（1677）和乾隆四十一年（1776）清政府两次对长白山区封禁，得以形成长白山周围的原始森林，鸭绿江流域自帽儿山（临江）起至二十四道沟中国一侧，森林茂密，郁郁葱葱。到清同治元年（1862）山东流民相继进入鸭绿江流域，从事采参、伐木及其他农事活动。光绪六年（1880）后，封禁的土地、围场陆续开放，作为小量的采伐业逐渐开始。光绪十八年（1892）清地方官吏与木商订立合同，以20万资金组成"木植公司"，在东边道（通化一带）从事采伐、贷款及征收木税等业务。"木植公司"将资金贷给料栈、把头，施以保护，当时木业生产曾盛极一时。但经营不久，地方官吏便乘机中饱私囊，引起商民不满，经营日趋消沉。光绪二十三年（1897）中俄合办的"鸭绿江采木公司"在东边道一带把采伐伸向长白境内。此后兴办的采木组织尚有1903年俄国建立的"极东公司"，派军人马德罗夫驻通化，对长白山森林进行掠夺性采伐，其采伐区已经到达横山一带。中日合办的"鸭绿江采木公司"设立前，从横山经小宝沟到九终点就修有运材轻轨铁道，按史料推算，当为俄商所修。日清商人合办的"义盛公司"不甘居后，竞相采伐。日俄战争之后，作为战利品日人接替了俄国人在鸭绿江流域的采伐事业，沿江开设军用木材厂。光绪三十四年（1908）中日签订《鸭绿江采木公司章程》，确定开采长白山森林资源，其经营范围，按章程规定为鸭绿江右岸，西起临江的帽儿山，东到长白境内的二十四道沟，距江干流60里以内为公司的专采区。对界外森林的采伐，资金由公司贷给，所产木材由公司收买。中国地方官府建筑、修筑铁路等所需木材均由该公司供给。至此，鸭绿江浑江两江长白山周围的森林采伐权统归日本，使长白山的大好森林遭受残酷的掠夺。

当时，除官办采伐组织外，民间采伐也很兴盛。据宣统二年（1910）调查，七道沟沟长80里，有木厂23处，年成排59张；八道沟沟长180里，木商、把头比比皆是。1924年统计长白境内有木厂177家，木把12 223人，年编排561张。据1919年鸭绿江采木公司编纂的《鸭绿江林业志》载：中华民国6年以前长白境内森林资源极为丰富，总蓄积量达29 599 043立方米。树种齐全，有红松、鱼鳞松、臭松、落叶松、赤柏松、杜松、柞、榆、椴、曲柳、黄檗、刺楸、杨、桦等，距江越近材质越好。由于官民竞采，使森林遭受极大破坏。采木公司成立后，实行垄断，排挤中国木商，使大批华人木把失业。

东北沦陷时期，长白山的森林采伐，仍以中日合办鸭绿江采木公司经营为主体。1940年采木公司合同期满，采木公司解体，又相继成立了"鸭绿江采木组合""山下林业会社出张所""枯损木利用组合""县林业会社"等组织进行采伐。

当年的采伐和运输主要是使用人力和简单的工具进行。到新中国成立初期继续使用人抬原木归拢、装车的采伐方式。1968年自营生产开始改用立杆式绞盘机装车。立杆是立一直径24厘米、长10米竖杆的一个架作为主轴，再立吊物吊杆，吊杆长14米、直径24厘米，吊杆根部与主轴根部连接在一起，上端斜立外张，经过滑轮用钢丝绳连接绞盘机升降木材来装车卸车。随着原条（原木）生产的开始，山上楞场也改为单线缆索归拢装车了。

通过采伐，人类从这座大山带走多少树木呢？仅以《长白林业志》记载：长白山森林之采伐，在 1908 年以前，除料栈把头在沿江就近条件较好的地方采伐外，俄国在二十四道沟、横山一带，进行过大量采伐；日本在十九道沟以上设有军用木材厂生产军用木材，采伐量都无文字记载。鸭绿江采木公司成立后，采伐逐渐增加，到 1925 年前后达到极盛时期，年采伐量达 14 万立方米。其后虽在 1936 年前后又一次出现高峰，但是，由于林区渐远，道路崎岖，资源减少，采伐事业日趋衰退。

从前，森林采伐全是手工操作，即人力伐木、畜力集材、赶河流送。采伐季节都是在 10 月至翌年 2 月。采伐方法是先选树，然后用斧子砍树的根部，查看有无腐朽、瑕疵，如有弯曲、腐朽则不予采伐。接下来用锯伐木。锯分两种，一种是大肚子锯（二人用），一种是弯把锯。

伐前找好树倒方向，锯到一定程度，在锯口对方用斧子"要楂"（打出一块木片，以便树躺倒）。树倒后，砍去枝丫，按规格留出掏眼部分锯成"件子"。做"料子"的木材一般是"件子"集材到楞场后，按规格要求放线，用立锛砍出四个平面等待串排，这种方法一直延续到 1931 年才全部取消。从 1916 年开始推行日本编排法后，对伐倒的树木用弯把锯按原木规格锯成件子。此法目前部分林场伐木中仍继续使用。

树伐倒后，接下来开始集材。集材就是把已伐的大树"件子"集中到山上楞场。

集材时间，一般是积雪结冰之后，到冰雪融化为止，利用冰雪滑道转运木材。采用的办法有两种：一种是畜力集材，使用疙瘩爬犁，用耕牛或马牵引。先用铁扒环固定木材的一头，以便拴绳套捆绑，将木材用吊绳绑系在爬犁横梁上。一张爬犁用两三头牛，每张爬犁每次可拽 1 ~ 2 立方米。另一种是冰沟集材，利用山场坡度，使木材下滑到楞场（称为山上楞场）。有时因山坡坡度平缓，则须用人力拽，称为"跑小套"。

把山上楞场的木材运到中间楞场或编排场，这是树木的远途运输了，这种运输主要采取轻轨运材和牛马吊子集运。轻轨运材，即利用地势走向的自然坡降，铺设轻便铁轨，将木材装在平车上，利用坡度自然向下方滑行，坡度平缓地带还须借助人力推，逆坡地带用畜力牵引。每车可装运木材 4 ~ 8 立方米。空车返回因都是上坡，用人推或用畜力拉。这种方式主要在二十道沟和十三道沟。牛马吊子集运，即将木材两端用斧子掏出方眼，用扒环扣子（1 米左右长的粗麻绳）将木材一截一截地串联起来。可延续很长，用疙瘩爬犁畜力拽，遇下坡每次可运 10 ~ 20 立方米，逆坡则变成数截多次倒运。这种方法运用地方较多，主要是二十三道沟和八道沟。

在山场上"拔大毛"进行伐木和水场子进行放排的人，统称为木把。木把，是从事林业行当人的总称。也称为木帮，指以山林木材生产为活路的一个工种。

山场子活是指木帮们在山上把树伐倒，指"做大木头"吃"山场子"饭。

当年，"做大木头的"木帮们的生活有哪些神秘和传奇，我们要将他们的生活细致地展现在人们的面前。这是一种极其生动的木帮文化，没有任何一种文化能与这反映东北地域文化的深度和广度相比。

（一）开山

北方，似乎总是给人一种寒冷的感受。

每年从 9 月开始，冷风就渐渐吹干了树上的叶子和地上的草，严冬迈开大步向人间走来了。

这时，山场子木帮从事采伐的黄金季节也就开始了。而且，要从当年 10 月至第二年的 2 月有 4 个到 5 个月的时间要一直劳作在山上。东北，大约从 10 月下旬开始，纷纷扬扬的大雪就铺天盖地地飞落下来了，于是老木把们就自言自语地说"该开套了"。

开套，就是木帮们准备斧锯绳索，以备把林中的原木从山上伐倒运下。

大雪一落，木帮进山。

进山，先要"开山"。开山，就是举行一种仪式，告知山神爷（指老虎和山神），我们要进山了，要和大山"打打招呼"。打招呼，这是人类要感谢大自然给予人类树木的一种感恩行为。人，要表达自己的谢意。首先，要杀猪。

古语曰：黑牛白马祭苍天。伐木人开山，也要选"黑毛猪"以示对老林的尊重。黑，指厚重，实惠，表示人对自然、对森林的诚意。

这时要请萨满跳神，以祭祀神灵。

从前的采伐人多是从中原闯关东来的单身汉子，都想从东北挣钱，然后回关里家过幸福生活，他们出山海关时，往往心里都默默地叨念：

出了山海关，

两眼泪涟涟，

今日离了家，

何日才得还？

一棵大树两吊半，

要用命来换！

伐木是苦活、危险活，但是比较能挣钱的活，所以闯关东的人都愿意投奔山场子当木把。

伐木，民间叫"开山""动斧"，这是对自然的"惊动"。惊动自然不是一件小事，所以伐木者一定要先祭拜山神爷老把头。老把头据说是一个叫孙良的人。他也是挖参人的祖师爷。据说有一次他和兄弟在山上挖参，最后迷了路，死在山上成了精灵，于是保护放山和采伐的人们，这样木帮们干山场子活伐木"开山""动斧"之前，必须要先去他的坟前祭拜他。

1. 祭山把头

据说从前山东莱阳有一个姓孙的，老两口就一个儿子，取名叫孙良。这一年，莱阳一带大旱，人们连草根和树皮都吃光了，孙良听说关东山上出人参，就和家人商量要去闯关东，爹娘和媳妇听说关东山高林密，死活不让。可孙良是个有志气的人，说干啥就一定要办成，家人只好给孙良凑了几个钱，送他上路了。

孙良历尽千辛万苦，终于来到了长白山。老山里数不尽的獐狍野鹿，奇花异草，把孙良乐得找根棍子一拄就放起山来。一个人"放山"，这叫"单搓"，他一连找了几天也没"开眼"。这天他正在林子里走，突然看见前边也有个放山的。深山里人烟稀少，人见了人分外亲。一打听，这人也是山东莱阳人，叫张禄，二人就插草为香，结拜为生死弟兄，孙良比张禄大两岁，孙良为兄张禄为弟。这张禄别看年龄比孙良小，可放山多年，很有经验，他就教孙良什么是几品叶，什么是"刺官棒"（一种假人参），还给孙良讲人参精变大姑娘的故事，并给孙良讲了许许多多善有善报、恶有恶报的故事，在孙良心里打下了深深的烙印。

这一天，孙良和张禄分头出去溜趟子，约好三天回来见面。孙良出了仓子走了一头晌，在一个向阳坡上发现了一大片人参。他乐坏了，一口气挖了好几棵，又在那儿的树上刻了"兆头"（一种发现人参的记号），就捧着人参回到窝棚里去等兄弟张禄。可是连等三天张禄也没回来。孙良担心兄弟出意外，就出仓子去找人。

茫茫老林中他走啊走，找遍了大山各处；他找啊找，找遍了河沟坡岔，可是到处也不见兄弟的影。就这样，孙良一直找了六六三十六天，连饿带累，昏倒在一块大卧牛石旁。他醒来后，咬破手指在大石头上这样写道：

> 家住莱阳本姓孙，
>
> 漂洋过海来挖参。
>
> 路上丢了好兄弟，
>
> 找不到兄弟不甘心。
>
> 三天吃了个蝲蝲蛄，
>
> 你说伤心不伤心。
>
> 今后有人来找我，
>
> 顺着蛄河往上寻。

写完，孙良就死在这块卧牛石旁边了。其实，他兄弟张禄也是走

"麻达山"（迷路）最后死在山里边了。后来孙良就成了长白山里的"老把头神"，专门保护山里从事各种劳动的人，什么放山、狩猎、伐木、放排、采集等的人。

这其实是人们的一种传说，但是每一个山里的劳动者，特别是放山、挖参、伐木和放排的木把们，在"开山""动斧"之前，一定要去祭祀他，不然是绝不可动斧的。

这种规俗已流传了千百年了。伐木"开山"来祭祀的木把们还要不断地讲述从前孙良爷的恩德，就是企望神灵能帮助自己，在伐采的过程之中平安和吉祥。

开山祭拜，要由把头领着，在孙良的坟前摆好供品，点上香，倒上酒，然后跪倒磕头说：

> 山神爷，老把头，
>
> 俺们供养你来了。
>
> 看在俺是你徒弟的面上，
>
> 保佑俺们这一季顺顺当当的。
>
> 等木头下了山，
>
> 俺们再来供奉你老把头。

然后，才能带上伐木的工具进山开锯。

伐木的工具很多，如开山斧，一般是铁、木结构。把长 3 尺，粗 0.8 厘米。铁斧长 12 厘米，刃长 16 厘米，背厚 0.8 厘米。

刀锯，铁木质，把长 1 尺 8 寸，粗 0.9 厘米，宽 12 厘米。

小悠，一般是麻质的，长1尺5寸，粗2厘米。

还有一种大掏锯，俗名大肚子锯，铁质，木把，长1.2米，两侧宽16厘米，中间肚宽26厘米。

掐钩、搬钩、爬犁、夹套、料袋、卡绳、套杠、小杠等也要带上。

有一种架凳，木质的，是用自然形成的树丫做成的，一般高2.2尺，粗0.8～1.2厘米。

还有一种背筐，是用树皮编制的，以便进山伐木背工具和生活用品。

2. 祭树

祭祀完老把头神，准备好了工具，接着伐木人开进大山，一场更加隆重的仪式还在等着伐木人。

进山后的第一个步骤，先要"祭树"。

祭树，先要选"神树"。

选神树，是在山场子不远的地方，选一棵又直又高的树，一般是红松，用来"挂红"。这棵"挂红"的大树，就象征着进山后的"山神"之位。

这里要是山场子上的一块平地，看上去顺当、好看才行，给人以"眼亮"（土话——顺眼）的感觉。

而且，开山的伐木人还要早早地买来鞭炮、烧纸，准备庆祝祭祀用。还要在出发的驻地门前的雪地上插上"二踢脚"（一种两响的鞭炮）并带上成捆的纸钱。

林场子的山神之位旁的树上，也要挂上"红"。这红是指"小鞭"（就是成挂的鞭炮）。"挂红"千万不能用钉子来钉，要用铜钱来固定红布。因为"钉"和"定"几乎同音。

而"定"，有固定、不动、不扩展之意。如果开山伐树一固定，就说明这一季没前（钱）途，不顺利，不吉祥。所以，不能用钉子来钉红。

而这个活，要由把头亲自动手。

钉完之后，把头宣布：现在开始摆供……

3. 摆供

摆供很有说道和讲究，上山不能带整猪，要带猪头和猪爪，这表示是一只全猪。这里说的全是指有头有尾。

有头，指从开山进山而去；有尾，指顺顺当当而归，是"全"的完整意思。人要完整去，人又要完整而归，说明不缺谁少谁。

摆供，非常讲究供物的名称和种类。除了猪头、猪爪之外，还要摆六样水果，这叫六六大顺。六，这是中国民间重要的信仰习俗。六，又有"留"住福气运气之说。

六样供果要分两种两大类，也就是面食和水果。

面食，一般是包子、馒头、月饼之类的民间供奉的代表性食品（有时也用糕点、炉果、八件、芙蓉糕、槽子糕等），但千万不能摆鸡蛋、糖球之类的圆的食品（馒头除外）。因为蛋有滚蛋之意，糖球有滚动、滚球之嫌。伐木最忌讳的就是滚字和滚音。

滚，说明伐树出了危险，滚坡了。这意味着伤人。所以坚决不提。

水果也摆三样，这与食品一起组合成"六"的数字。

水果供品一般是苹果、香蕉、橘子等。但决不可以摆梨或桃。因为梨和离同音，这意味着伐木人离开了人世，是极不吉祥的预兆，不能摆。而桃，又和"逃"谐音。逃，这意味着逃跑，逃难。是指出了大事或不幸，人要逃跑、逃亡之意，所以不吉祥。

当摆好供，二把头（和大把头一样，是负责山场子活的安全员）要
"叫山"。

叫山，是以拴着红布的斧头向神树敲打三下。一边敲打一边说：

> 山神爷，老把头你醒醒吧。
>
> 你该醒了。
>
> 我们要上山了，要采伐了。
>
> 告知您老一声。
>
> 我们要动山了，动树了，
>
> 请你开开山门，
>
> 俺们要进来了……

二把头敲完树，大把头开始跪下，继续整理一下供品，然后，他要
宣布开山仪式现在正式开始。

这时，山场子上的伐木人要整整齐齐地跪下。把头喊祭词：

> 山神爷，老把头，
>
> 俺们要伐木了。
>
> 请你老人家开开山门，
>
> 我们进去伐木，
>
> 请你保佑我们顺顺当当的。
>
> 等我们这一季平平安安，
>
> 顺顺当当地下来，

再来祭祀你山神老把头。

把头每说一句，在下边，大家都跟着说上一句。

然后，大把头开始在树前树后给神树倒酒，并点燃纸钱……

这时候，进山的木把们也争先恐后地上前，开烧纸钱。

他们一边烧，一边默默地向山神祈福，主要是希望平安，顺利，不出事……

其实这种仪式在伐木人心中是一个深刻的提醒，让大家注意安全。因为那是在一种庄严的场面上反复强调的事，意在让人记住。这是一种巧妙地让人记住重要嘱咐的方式，是森林文化中的传统文化。

一切都进行完毕，伐木人这才开始进山场子。那里，神树前静静的，仿佛一种寄托已经表达完毕，这时，人们充满了信心，要走进山林，去从事伐木采伐了。

这种庄重的仪式从千百年前一直传承至今天。

（二）盖窝棚

进山，伐木人要先盖房子。哪有水、有木头就在哪盖房子、马架子。

盖房子是用原木（圆木）和青苔毛子树枝子等材料。马架子俗名"霸王圈"，木头刻成的，中间用青苔毛子堵在木卡房子的缝上，不漏泥，还挺暖和。

炕头上先铺松树枝子，然后放上羊草，人在上边睡。屋里地当中一个大锅叫"盘地锅"，盘地锅扣过来，晚上留给木把们烤鞋和衣裳。

在山场子上，伐木人自己搭建的住处其实都非常简易，因为他们伐完这个场子就会马上离开，转换到另一块伐场去，可是，如果伐木场子远了，那就得搭盖一些比较坚固的窝棚，人们称为"大木刻楞子"窝棚。

（三）古怪的鞋子

在山上伐木，木把们都得穿一种叫靰鞡的鞋，这种鞋宽松，暖和。但穿靰鞡就得絮靰鞡草。这活每人都得会。干起来还得快。然后麻溜吃饭。在从前，伐木人很苦，他们吃的饭是窝头和"没腿大海米"（盐豆）。吃饭只给 10 分钟，吃不完的带到山上，边伐树边用火烤，硬梆梆的窝头和石头子差不多。

靰鞡是东北人的一种独特的鞋子，特别是放山伐木者，必穿无疑。据说这种鞋是"皇封"的鞋。传说有一年，乾隆东巡来到吉林乌拉，见这儿百姓脚裹一块牛皮，用绳子一绑就走，他问："这是什么？"百姓说："鞋。"乾隆一见这地方"鞋"奇怪，反正也没名，就叫"乌拉"吧，因吉林从前叫"乌拉"。可又因乌拉是地名，不能代替，于是后来就变成了"靰鞡"二字，是指用皮革做成的鞋。吉林当地有一条谜语说："老头老头你别笑，破个闷你不知道，什么解下它不走？绳子一绑它就跑？"说的就是木帮们穿的鞋靰鞡。

靰鞡，古籍已有记载。《奉天通志》载："靰鞡，满语革履也，通作靰鞡。往日沈阳皇寺贮有太祖所御靰鞡。今人皆着之。"是指皇太祖努尔哈赤穿过。

在松花江、鸭绿江、黑龙江和乌苏里江一带还有用鱼皮制成的"乌拉"（靰鞡）。据《赫哲风俗志》（黄任远著）载，从前有一个小伙子到巴彦玛发（地主）家去做工。巴彦说："小伙子，我这双鱼皮靰鞡送给你穿，你要是能在两个月内穿破了，我就给你工钱，如果要穿不破，你就白干。行吗？"

小伙子一想，两个月，别说鱼皮的，就是铁做的鞋子，也能让我这双大脚给它磨破磨漏了，于是就爽快地答应说："行。"

从此，小伙子天天干活穿着这双鱼皮靰鞡。可是说也奇怪，眼看两个月到了，这双鱼皮靰鞡还是好好的，而且一点破皮的地方都没有。

小伙子很犯愁，如果穿不破，就挣不回钱养活爹娘，于是就偷偷地掉起了眼泪。巴彦家好心的女儿告诉他："鱼皮靰鞡不怕硬，就怕湿和热乎的牛粪……"第二天，小伙子故意在牛粪上踩了几下，晚上干活回来低头一看，靰鞡底上果然出现了两个大窟窿。巴彦看了气得直瞪眼，小伙子却笑了。所以靰鞡怕软不怕硬的特性木把都知道。

靰鞡又分大褶靰鞡和小褶靰鞡。前者产于乌拉街，是八个褶；后者产于辽宁海城牛庄，是十个褶，里边当然都要絮靰鞡草。絮草费时间。所以把头往往骂那些动作慢的小木把。木把多没有家，都是单身，过年往往住在山里的木房子里，或者去山下找接人的旅店住，等山场子活一开始，再由打扮人的（组织干活的二把头）把他们领上山去干活，店钱由木场子（伐木场的掌柜，也叫东家）派去的打扮人的给开付。

（四）选树

虽然进山了，但开山的伐木人在山上劳作很讲究伐头一棵树。

伐头一棵树，也要选树。

据说，这是"北土老人"的告之。北土老人，是长白山里的老树神。选这棵树，要从各种树中去挑选。长白山林，各种树木都有，而且种类繁多。

伐木是神圣的事业，所以要在这众多的各类中选树。

选树主要是选树的独特种类，并是有代表性的种类。一般是选桦、松、椴、水曲柳、黄檗来伐，主要是这些树长得高、大、直。这样，可以预示着这一季的采伐顺利，吉祥，能挣大钱。

（五）喊山

放头一棵树叫"开锯"或"头锯"。头一锯放"顺山倒"，以示这一季顺顺当当，平安无事。

木帮们干山场子活特别辛苦，早起两点钟就从大房子出来往场子上走。走十多里地，到山场子大毛星还没退呢。林子里一片漆黑，干两个钟头也不见天亮。

只听林子里扑扑腾腾地响。黑夜放树也来不及喊山，全凭耳朵和感觉，听着风声和动静，要赶紧躲。手脚要利索，不然就砸你个肉饼。

从前采伐，条件非常简陋，两个人一组，快码子大肚子锯，一人一柄开山斧，那斧头半尺宽的刃。两人对着放，一个左撇子，一个右撇子，全凭熟练和胆大。

放每棵树之前先用开山斧砍砍树的根部，查看一下有没有腐朽、瑕疵，俗话叫"叫山"，如有一点弯曲，俗话叫"过性木"，不采不伐。林子大，木头好，挑着做。采伐前先找好树的倒向。大肚子锯对面掏到一定程度，然后在锯口对方用斧子要楂（向锯口方向砍出一个豁）。

要过楂，树会发出"咔咔"的响声，人凭这个，判断树的倒向和时辰，要及时地喊山。

喊山，其实是人与人之间的相互告知，也是给对方提个醒。但也有人认为是对自然的一种回报，对神灵的一种祭祀。喊的人心中带着一种虔诚，认为这是神灵送给人类的礼物，人要答谢。不管怎么说，喊声是人类在从事采伐生涯的久远历史中总结出来的一项重要的经验和体会。

这是一种非常壮观的声音，而平时干活则不许大声说话。

喊山有三种：顺山倒、排山倒和迎山倒。

伐树喊山先喊顺山倒。树生长的地方往往是山坡，而且树的根部倾斜山下，这样树在采伐后，一定会顺着向山下倒去，顺山倒的树小头朝下，树根较平稳地连在树墩上，下锯下斧都可从容不迫，较平安保险。所以顺山倒往往也是一种吉祥的表示，往往开锯前或年节加上老把头生日这天的一早一晚，都要先伐一棵顺山倒，以示平安和吉顺。

排山倒，是指树横着倒向山坡。

这种树生长的地理位置往往是在不十分平坦的山林地带，树的根部在下，锯后向两边斜去。这种倒法最易形成"罗圈挂"，也叫"吊死鬼"，是指放倒的树同时几棵压在一棵树上形成一个罗圈状。这时，木把必须钻进"罗圈"，将支撑的树伐倒，但这活很危险。

对这样的活，木帮歌谣中说：

> 钻进"罗圈挂"，
>
> 木把命难保。
>
> 伐倒大树赶紧跑，
>
> 稍慢一步命报销。

所以，排山倒往往也象征着伐木人的命运不济，要摊上横事，不吉利，不顺当。其实，伐木人的命运时时在危难之中。他们自己给自己编的歌谣说：

要吃"横山"饭，就得拿命换。

走进木帮房，好像进牢房。

推起轱辘马，险道滚大梁。

断闸砸伤腿，甩车压断肠。

吃的橡子面，咽的苦菜汤。

把头抡棒打，财东似虎狼。

木把卖苦力，年年拉饥荒。

血泪流成河，几人回家乡……

这就是从前木帮人的生活写照。

迎山倒，这里指树向山上倒去。这也是一种吉祥方式。这样的树往往根部底下长，山的坡度较大。伐木人顺从其长相和坡度，使上榨深，下榨浅，便形成了迎山倒。迎山倒危险性小。

在森林里从事采伐，天亮以后，木帮们开始喊山了。随着喊声，锯声和叮叮当当的开山斧的声响，林子里的厚雪被倒树拍起，漫天老林里腾起蒙蒙的雪雾，烟一样在老林中弥漫。

像古战场的硝烟，像神秘的云雾，把大山冰雪的故事一代一代地传下去。

大树伐倒，还要运下山去。

这就是采伐木头的第二道工序。把倒木砍去枝枝杈杈，只剩下巨大的原木本身，要根据山场子的不同地形，采用马拉、人拖、顺山滑动等种种方式集中运到山下或江边的小楞场，准备穿排流放。这个工序，山上叫"集材"，民间称为"抽林子"。木把的活计既简单又繁杂，又得懂技术，又得有力气，反正是缺一样也不行。伐木人走进老林子显得十分渺小。大树高大粗重，一落下，人就像一只小蚂蚁，无处躲藏。

而且，林中采伐，往往都是在严寒的冬季，大雪一房子多深，人在林子里有时一转眼就不见了，原来是掉进雪窝子里去了。

有时，能听到人的说话声，可是却见不到人，人已经藏身深雪之中了。

（六）抽林子

伐木有几种形式，一种是伐完不用往山下运，承包给套户们去运，也有伐木人自己把木头运下山的。这样的伐木活头一件是伐完要"抽林子"。

抽林子，顾名思义，就是把伐的木材，民间也叫件子，往一个地方归。这一切，全是在冰天雪地里进行，而且抽林子是最危险的活计。

成山的原木堆在山上的雪窝子里，要运到山下，使用的是一种叫"疙瘩套"的爬犁。抽林子之前，木把要根据地形把木头顺过来，大头冲大头，小头归小头，粗细分别排列，然后由抽林子的人在一头掏上眼，穿上棕绳，系好吊子，爬犁一来，搭上一头便走。

爬犁有两头牛有三头牛的。两个人，一个在前边牵牛，一个手拿挖杠，前后左右跑，不停地左右拨道，这就是抽林子。抽林子经常在下山时稳不住吊，俗称跑坡。

跑坡就是爬犁下山时，由于冲力过大，牛稳不住，巨大的木头从上而下直贯而来，往往人死畜亡，最后木把连尸体都寻不着。

（七）放箭子车

与抽林子相反，放箭子车也是伐木人的一项重要活计。放箭子车是选好一定的山地，修上一条雪道，然后把木头一件几件地放上去，让木头依靠雪道一直滑到山下。

这种运送方式比抽林子的疙瘩爬犁要快，但危险性更大。

首先，要修箭子道。

箭子道起处往往是在山腰或山顶上。严冬，山里的雪本来就大，而山岗顶上风更硬更刺骨。修箭子道的人要起大早上山去清理夜间积下的冰雪。

老山里，往往一夜间，大雪就覆盖了一切。

刺骨的风，把雪冻得梆梆硬，一檩子一檩子地堆在山岗上，已经找不到昨夜修好的箭子道了。

过去遇到这种情况，木把手握刨镐，手和鼻子都冻烂了，跪在雪窠子里抠箭子道。

爹呀娘呀，在何方？木把们往往哭着喊着，干着干着就冻死在雪里……

木把们的棉衣裤成年是冰淋淋透心凉的，木把到老都有烂腿病，一个个都烂得掉肉露骨头，都是年轻时放山伐树坐下的老毛病。

还有啊，伐木的人到老，一个个牙都掉光了。

这是因为在山场上干活，虽然冰天雪地，但他们常常浑身出汗，一出汗，人就渴，没有水，就吃雪。雪凉嘴里热，一冷一热，把木把的牙口都冻坏了。所以有经验的老木把在吃雪疙瘩前，先用手攥攥，湿润一下雪团儿,再含到嘴里……

放箭子车最怕"起茬子",就是箭子道上起了鼓,原木前头被卡住而后边的冲力太大,一下子射出去。那巨大的原木就像一支轻飘飘的箭,一下子穿进老林,顷刻间就要了人的命。

民国3年(1914),漫江林场的箭子车出了事,在半里地外归楞的21个木把,顷刻间就变成了血肉模糊的肉饼。在长白山里,哪儿没有木把们的白骨啊!

(八) 赶河

把木材集到山下,还有一种方式叫赶河。赶河一般在冬末春初,当山上的积雪开始融化,沟沟汊汊的水也流动了,木把们把一个个件子放到水中,他们手握把钩(一种三四米长,一头带一个铁钩的东西),木把或站在原木上,或在岸边跟着走,把这些木头运送到大江边。

赶河又叫放散羊。长白山里水资源十分丰富,沟沟汊汊都有水,于是生活在这里的人们便学会了利用水。放散羊的历史较早。从前,山民们也用这种办法来运送木材。放散羊要求木帮人要胆大心细,往往在一根一根的圆木上跳来跳去,不停地归拢这些木头,不使它散帮。脚下稍一不稳,一条腿或身子就会顺木而下,别的木头一滚,人就变成了一片肉饼。常常有这样的事情发生,方才还看到这人站在木头上,一转眼,人便无影无踪了,掉进江水里,没了影儿。

把山里的木材集中到山下边的排场,这一切活计都叫山场子活。这就是俗话说的开套。干完了山场子活叫掐套。

开套往往是秋冬10月。

掐套往往是年后2、3月。

套，指绳套。关东山历年盛产烟麻，而山场子的木把和水场子的排夫都离不开绳子。所以木把们不但是出力气的，他们还得有相当不错的技术。比如打绳子，就是他们必须要会的一门手艺。

把头在挑木把时，往往问："你开得了套吗?"就是指你能自个打绳子吗。如果你回答"自个开套"，他还要问师傅是谁，在家艺还是外来艺。

一个自己开套的木把工钱和别人不一样，如果自己开不了套，就只能挣半拉子或小打的工钱。

（九）放冰沟

放冰沟，民间又叫放尾木。在秋天时选好山景坡地，挑开两三米宽的深沟，单等雪落。进入 11 月，山上开始落雪了，秋天挖的土沟被厚厚的白雪覆盖着。木把们跳进沟里，把暄雪压实，再不停地泼水，使沟底子上冻得梆梆硬，这叫冰沟。

沟的两侧用木头砌起半米高的木墙，算作冰沟的垛子。

这时，成山的木头堆在山顶上，用爬犁拖不好走，只好用冰沟来溜放。

在严冷的风雪中，冰沟闪着银色的白光，铮亮铮亮的，看上去直刺眼。

冰沟的中间设挡。

挡是一种顺木，1 米多长，镶在木楂的格子里，一旦木头飞得过快，立刻出挡，这样就可以减速，减少冰沟下边人员的危险。

控制挡的人要精明灵活，耳朵好使眼睛快，时刻防止木件跑坡。

放冰沟是山林里木把们极壮观的事业，木头在冰沟里飞奔隆隆地响，就像一架巨大的飞机从跑道上飞奔，时刻准备冲上蓝天，木头一头冲起的雪粉在空中弥漫着，寒风吹刮着空中的雪粒和冰块，刮得人睁不开眼睛。

放冰沟前，山上头放挡的人敲锣。

以锣为信号，每当木头放下来，他"当"地敲一声锣，大喊："下——去——啦——!"

各个挡口都有人传话。

从上到下，五个人看守着冰沟，十分威武。

放冰沟最可怕的是跑坡，俗称"打箭子"。就是木头在冰沟里飞出去，像箭一样在林子里飞，瞬间会把人放倒。

一年，三岔子山场的冰沟"打箭子"，一个名叫张泄森的木把，早上临上山，和屋里的（妻子）吵了一架，都是因为钱，女人管他要钱买梳头油，男人说等发了饷再说，女人不愿意了，说找你这样的有啥意思。男人打了她一巴掌，女人哭着说："你还是当家的呢，你死了得了！木头咋不砸死你……"

男人走了，但心里憋着气。

上了山，走着走着累了，坐在山坡上喘口气，打个火堆，把锯锉一锉。

这时，冰沟道槽子里木头卡槽子，得用人去挑。这叫"挑槽子"。张泄森一看说："告诉上边，先别下来！我挑。"

他说着跳进冰沟，用左脚去挑卡木，可是上边的人不知下边卡槽子，一组原木顺坡而下，只听"啊"的一声惨叫，张泄森在一片雪风之中消失了。

"出事了！出事了！"人们大喊。

那天正是刮大风，漫天灰蒙蒙的，什么也看不清。

大伙儿在雪林子里找了半天，才在一堆破树毛子里找到血肉模糊的张木把。

放冰沟是最危险的活计，不但忌讳和女人骂架，也不许女人上山到场。如果木把第二天上山放冰沟，甚至头天晚上不和女人同床，以免出事。这种民俗在木把当中非常流行。

（十）开套和掐套

伐木习俗，传承了许多古老年代的习俗，经过了千年，也没有多大的变化。主要是工种相同。

旧社会的木把住得更苦，活干得更累。

从前，木帮们住的是大房子，几十上百人住一个屋。南北大炕，地当间一个大炉子，专门有小打负责看管，日夜烧木桦子，大炉子烧得"哖哖"叫，可屋里还是寒风刺骨。

木帮们整天在没腰深的雪窠子里走来走去，从脚到裤腰都是水淋淋的，下晚回到大房子，先要烤鞋和裤子。大炉子周围是一件件酸臭的袜子、靰鞡和湿棉裤。第二天早上，天还麻麻黑，把头就喊："起！"

这时木把要迅速摸靰鞡，絮自个的靰鞡草，稍有怠慢，把头的木棒子就揎在你的头上，并骂："也没有吃奶的孩子，我叫你磨蹭！"

把头对木帮非打即骂。打死打伤一个木把就像踩死山上的一只蚂蚁。

开套一般都是过了小雪的时日，外出的，串亲家的，玩牌的，猫冬的都回来了，一心等着开套。每个木把都属于自己柜上的人。到了这个日子，掌柜的派把头到木把们居住的村村屯屯喊人："明儿个开套！明儿个开套!"

当天晚上，家家都做开了准备。

先买好鞭炮。第二天，各柜头的伙计三五一伙，在村口屯头放鞭炮，高喊："开套啦! 开套啦!"

放完鞭，烧纸码，拜山神爷老把头，然后背上线麻，带上工具，进山场子了。

从前，各大柜为了省钱，从来不买现成的绳子，只发给木把线麻，绳子由木把们自己打。打麻绳使用的工具民间叫"绳车子"，一边三五个人，双手握住老木帮子，腰和屁股拼命朝一个方向晃动，给麻上劲，俗称打麻绳。

天出奇的冷，可打麻绳的木把们一齐扭动腰身，一齐喊：

"啊哟! 啊哟!"

很好听。常常使寂寞的老林子热闹起来。

打完绳子，就要编扣子。

编扣子，俗称"割扣子"。

割扣子，就是编抽林子和放箭子车时用的绳索。这种绳索又叫霸王套子，用量非常大。两股，头大，后边像猫尾巴，根细，然后拧个花，一转压住。接着用木槌砸一砸，挑出花来。水一泡解不开。关键时就得用斧子剁下去不要了。

编套结绳子往往要干个十天半月的，一到开春，使剩下的霸王套子像明太鱼似的，在满山遍野的泥雪中扔得到处都是，跟头绊脚的。

掐套，是指山场子活完了。这样的季节正是山上冰雪开化，泥泞了，爬犁再也不能动了，而且，家里有地的，也该回去侍弄侍弄啦。

掐套时就要结账。账分几种。有的是木把们包下来的长活，就是从山上伐木到拖运全套活叫长活，这就是俗话说的"挣囫囵钱"；还有的是"件子"活，指按木材伐多少、拖运多少来结算。

其中木把们大多是当地的地户，冬时上山，农忙时下山，光干山场子活，不做水场子事。

掐套要有仪式，主要是领了红钱，要买红纸、鞭炮、猪头，去拜山神爷老把头庙。

这时，木把们备上好酒，倒在葫芦头里，再倒满酒盅子，摆在庙门前，由爬犁头掌柜的领着，大伙齐刷刷跪下，开拜。

先冲老把头磕头，然后向上下左右各洒酒一杯，再把剩下的酒洒在庙门前，烧纸放鞭炮。之后把猪头拎回家，炖粉条子，大伙饱食一顿。这就是说，整个山场子已经伐木、运木结束了。

二、伐木帮

长白山的伐木人有伐木帮。伐木帮的组成结构和分工是这样：山场子上一个场子一个大柜、二柜，下分场子把头，爬犁头，槽子头。

（一）大柜

大柜，他是这一季山场子上主要说了算的人物，往往由他出资打扮（组织）这一季的伐木人。此人要有钱有势，先要发给木把们一些老钱。

老钱，指木把们上一年欠饭店的酒饭钱和旅店的住店钱。这些木把们往往住在沿江小镇的各个旅店里，欠下了店钱，动不了身子。这时，店主和大柜通光（通话），说我那有多少多少个好木把，但要打扮（组织）他们上阵就得先替他们交付店钱。

这时大柜要先拿许多钱，把木把他们该人家的饥荒（欠款）还了，然后双方签字画押，才能领他们上山。

大柜说一不二。从前长白山里出名的大柜如二十四道沟王迷糊、十二道沟金怀塔、辉南吴凤楼都是黑白两道家有万贯的手儿，因此他们山里山外都出名。

20 世纪 70 年代，吉林省民俗学会名誉理事长富育光先生进到山里普查，在今天的松江河一带，找到一个著名的大柜——温友大爷。温友，老人绰号地行仙，是指他在山中行走如飞。他打过猎，淘过金，当过木把，生活全靠森林和树木。

他会很多木把号子，如《赶南海》《扯篷帆》等。

> 大风刮起来哪吆——
>
> 嘿哟嘿哟哎——
>
> 老林子没人烟呀——
>
> 嘿哟嘿哟哎——
>
> 山听我在喊呀——
>
> 嘿哟嘿哟哎——
>
> 林子听我叫呀——
>
> 嘿哟嘿哟哎——
>
> ……

（二）二柜

二柜是大柜的副手。此人往往替大柜跑外，掌握财权和人权。这人往往是大柜的至交，也有的是亲哥兄弟。

二柜要熟悉山场子的各种技术活。别人不懂的，他得懂，对方想唬他又唬不了。这二柜往往是在木把堆里摸爬滚打出来的好手，在木把们中间，他也是说一不二的人。民间常说"二柜傻，大柜精，是金是银分得清"。东北的"傻"，是说这人实干，不玩花架子。

（三）把头

在山场子上干活，领头的这个人叫把头。把头这个词大概是地方方言，在中原地区有工头（领工人干活的人）之称，而把头只是北方的术语，这可能是北方民间方言与民族语言相融合产生的名词，如蒙古族称英雄为"巴特尔"或"把突"，此音和"把头""巴特"相近，加之东北早期有些地方是蒙王爷的属地，各民族从语言中相互借鉴，也是有可能的。

从地方方言来分析，"把"或许就是"帮"，把头也可能是"帮头"之意。就是这一行帮的领头之人。

蒙语巴特尔是指英雄，为把头的解释也合乎道理，因把头确实是一位了不起的人物，可以称为是木把中的英雄。在山上伐木抽林子，放箭子车，一切的一切，全要靠他发号施令来进行，他要懂得山上活计的各道工序的发生、发展和结局，而且包括开套、掐套时的各种仪式活动，在山上干活遇到各种意想不到的事情都要靠他来处理。

他有应付残酷的大自然的经验和本领。在山上渴了吃雪时，他会告诉初来乍到的人："先别吃,把雪在手里攥一攥。不要抓过来就吃,你不要你的牙啦!"

这都是经验。不然木把过不了35岁,牙都掉光了。

另外,在户外干完活回去时,一到大房子门口,把头往往对大伙说:"先别进屋。"

别人不知,问："咋的?"

"先用雪搓搓脸。千万别先烤火。不然脸会烂,起泡。"

这都是经验,叫人佩服的把头视这些知识为常识。当然也有坏的把头,他们是大柜、二柜的心腹,和主子一起对付穷木把。大多数是这样。

从前长白县大柜王迷糊手下的大把头叫李青山,这人坏,整天手拎一把锤子,谁不听话,一锤子下去就打死,这叫"一锤定音"。

大伙都怕他。他一出现,大伙就互相传话："锤子来了!"锤子是厉害的意思。他有时反而不打人,而把犯了纪的木把叫人绑在大炉子前,脱去衣服,用炉火烤肚子。木把疼得叫唤："爷,饶了俺吧……"他呵呵笑着,自顾自地抽着大烟。

木把们干活,有些不是人的把头猫在树后偷偷看,听,观察木把动静,稍有不慎被他抓住,没个好,轻者罚工钱,重者绑起来捆树上冻死。

(四) 爬犁头

爬犁头是山场子上专门管理抽林子爬犁的把头。此人是身经百战,一张爬犁两个牛,他要管理牛和人。

特别是他指挥挖杠的和负责对吊子的人时时挂吊子,摘吊子。

吊硬了吊软了都不行。

特别是到坡口。

坡口，是指这条爬犁道的最高处，这样的地形人慢，木头快，往往最容易叠被（木头从后挤向前方一层层摞起来）。而牛在道槽子里走，眼看到坡口，为防止叠被，牛要赶紧赶。

快赶时，喊："驾——驾驾！"

停下时，不喊停，喊："吁——"牛就会站下了。

爬犁头要求特别熟悉牛马的习性。此人从前往往是牲口贩子，或者是常年跑外的车豁子（老板子），所以他对各样的牲口非常了解。

如抽林子架好牛不坐坡。挑选好的辕牛，一头辕牛的价往往比稍牛（爬犁最前边的那头牛）要贵得多。到坡口最怕辕牛不坐坡。选牛时要看看牛的后腿窝宽不宽，如腿窝宽，这样的牛喜欢坐坡，多大价都要。

再就是选稍牛。

稍牛和辕牛一样，一定要听话，鞭子怎么勾，就怎么跑。

稍牛的价钱略次于辕牛。

中间的牛叫腰梗子。为了减少每组爬犁的成本，除了辕牛、稍牛花大钱买之外，腰梗子什么牛都行了，主要是为了成套。

一副爬犁套，三头牛，缺一不可，缺了也不吉利。

在山上赶爬犁，爬犁头不停地跑，早起天不亮就干，下晚到小半夜。从这个楞场到那个楞场，一天跑两个来回。

拉爬犁的牲口，到春夏老排一起，山场泥泞了，牲口就放进林子里养着。放牛也是爬犁头的事。但他往往交代给小打后，自个休息一阵子，等八月秋风一起，再去赶爬犁。

爬犁头放牛有他的高招。把牛散放在林子里，定期叫人去送盐。盐撒在固定的木头上（往往是一棵倒树），送盐的人往往一喊："喵——喵喵——"牛就知道，于是来了。

或敲牛梆子（一种唤牛的木具）。

在长白山区，各家主人对各家的牛有一定的呼唤方式那就是梆子点。有的是："梆——梆——梆——"大三点；有的是"梆——梆——"大两下。各家牛熟悉主人送盐的梆子声。

梆子很有意思，是典型的长白山里的木文化。

木文化，反映在长白山区使用木头敲击出来的一种声音之中，形成一种有独特意义的地域文化。比如老山里这种木梆子的使用，就是一种神秘的长白山地域文化。

据尹乐祝《梆子声——长白山区的秘密语言》记载（他曾经在长白县新房镇一带采访了80岁高龄的王立德老人和他的妻子以及老木把韩文海等人，这些人都是长白山木梆子的制造者，也是敲击者）。从前，山里人一堆一块，居住较散，人烟稀少，人们不便大声说话。主要是因为大声说话怕引来野兽，又怕冲撞了山神。但人又不能不说话，为了传达信息、表达用意怎么办？于是山里人发明了敲击木梆子的方法。这是山里人智慧的结晶。

如家人饭做好了，只能饭等人，不能让人等饭，饭一好，就以敲梆子为号，通知山里的丈夫回来吃饭，告诉放牛的人回来歇着，招呼放山的人回来睡觉，等等。这些复杂的内容全靠使用这种木梆的敲击声来表达。

这种梆子普遍用黄檗、青秸子木制作，因这种木木质较软，声音响且脆，声音传得远。梆子一般直径为17～18厘米，长为70～80厘米，有圆柱形的，也有两头为圆、中间扁扁的。

无论什么形状，梆子两头都留有5~6厘米树皮，以防梆子干裂。

木梆中间有一扁口，以便用凿子挖空里面，两头带树皮的地方各用木钻钻一孔，用麻绳或苞米胡子缠在头上，使声音淳厚。

敲梆子的木槌一般用柞木或水曲柳等硬质木做成，长30~40厘米，粗若拇指。有些讲究人家，还在梆子两端刻上花纹，还有雕龙描凤的，十分精致。

梆子声没有固定节奏，分要叫的人的距离远近和内容而定。而且敲时各家有各家的暗语，也就是长短、轻重和快慢等声音的不同。奇怪的是各家的牛、马都能听出各家自己人敲的梆子声。这是一种辅助语言使用的方法，也是一种特定的地域文化。关于敲梆子的来历，还有一个传说：

很久很久以前，关里家有个庙，庙里有个小和尚，他和一个尼姑做下了一件不光彩的事，人家抓他，他便和小尼姑逃到了长白山的深山密林中还俗隐居起来。可是，和尚在地里干活，还是担心尼姑在家有意外，于是他便做了一个梆子，让尼姑随时敲打，以告诉他吉凶祸福。后来，这种做法便在长白山里传开了，并应用到山里人的生活之中。

这是山里人开发长白山的勤劳和智慧的结晶，也足以说明"木"在这块土地上的广泛应用。

在长白山里，在松花江和鸭绿江边的林子里，可以发现有许许多多巨大的倒木，中间被牛舌头舔得成了一个又一个光秃秃的窝儿，这就是一片放牛场子。可见，在那漫长的岁月中，木帮文化如此渗透进山民的生活中，而且，这块放牛场明年还是某某人的场子。这所有的事，都是爬犁头安排。

（五）槽子头

槽子头是指负责压槽子的把头。

槽子也叫箭子道，是伐木人利用山形坡势修造起来的冰雪跑道，以便于木把们把原木从上往下滑送。

槽子头首先要管理好箭子道。

他必须是个熟悉深山老林里气候的人。

严冬到来了，从头场雪入山，木把们能干125天的活，所以人人必须抓紧，想走头一趟爬犁。俗话说头趟木头好，过午就不行了。是指头趟天冷雪硬，爬犁和木头都易滑动，如果槽子头心眼不好，不派你干早活，就比别人要出的件子少。

槽子头怕风不怕雪。

他往往头天或晚上观看天象，试试明天风多大，就知道他第二天早上起多早。如果夜里起风，一刮，箭子道上被片起了"雪杠子"，大柜就拿槽子头试问。

这样，夜里一起风，或经过风口的道槽子附近，槽子头都要领人加"风障子"。就是用树枝子，在离道槽子一定距离的地方起障挡雪。这活，简直不是人干的。

严冬，黎明前的北方寒风刺骨。

老风打着呼哨，在荒旷寒冷的林子间、山岗上嚎叫……

林子里雪窠子上恐怖吓人，风的嚎叫声像鬼叫。木把们常说这是一个叫"高丽鬼子"的鬼魂在嚎叫。

传说，从前有个高丽人，上山打木头，由于两宿没睡觉，干活累倒在雪窠子（冻硬的雪地）上睡着了，结果一下子冻死了。一场大雪把他的尸体埋上了。第二年开春人们看见他躺在雪堆里，手握开山斧，好人一样待在那儿，一碰，他"嚎"地叫了一声，那是嘴里堵口气。从此，谁也不敢晚上出门，怕碰上"高丽鬼子"。其实，他也是人哪。所以管槽子的槽子头，要懂得这些风俗。"高丽鬼子"一叫，要赶快烧纸。

还要领着兄弟们叨咕叨咕："伙计，你别喊了，俺们来看你来啦。"

不管天多冷，不管夜多么可怕，槽子头也要领人保护好槽子道，使第二天木头能顺利地从道槽子上下去。

三、伐木人的宗教信奉

伐木帮，在这儿指干山场子活（从事山上采伐）行业的人。

伐木帮和放山、狩猎的人一样，走进深山老林，去从事野外的劳作，向大自然索取，所以也可统称为放山。

俗话说，哪路人敬哪路神仙，这话一点不假。干山场子活的木帮们进山伐木，首先敬奉的就是山神爷老把头。也供拜"树木之神"。主要是对自然的尊重。接下来要拜老把头。老把头就是孙良。他是放山、伐木、狩猎、采参人的祖师爷。可见这是对这位神的崇敬。因为伐木和其他活动一样，都是在山里进行的。

所以崇敬的第一件事就是"开斧"（山场子活）前一天，都要给老把头搭庙，俗称山神庙。大的木场子早有盖好的庙。然后祭祀。

歇斧，指山场子活干完。拜完了山神，木把们回到大房子，大碗酒，大碗肉，管够造（吃）一顿，第二天出山。

如果是新开的场子，原先这儿没有庙，就得找三块石头，找石头砬子下，找树洞旁或山坡上搭个山神爷老把头庙。拜法同前。

石头砬子是老把头的房檐，树洞是老把头的神洞，山坡朝阳，是老把头经常出没的地方。所以伐木人多选这样的地方修庙。

在林子里干活，不许坐树墩，据说这是山神爷老把头的饭桌，也有说是老把头的板凳。说当年老把头是站着死的，后来康熙巡访路过此地，封他个板凳，就是树墩。

据民间传说，当年孙良留下绝命诗后不是死了吗？

可是，孙良人虽死了，可尸首直挺挺地靠着石头站着不倒。因为他惦记他的兄弟，死不瞑目啊！

一伙伙进山放山的、打猎的人走到这儿，看见石头上的字儿，都敬佩孙良的为人，都传颂他的事。传来传去，据说一下子传到康熙皇帝耳朵里。

"真有此事？"

"真有。"

康熙说："快领我进关东山看看去。"

手下人不敢怠慢，就带领康熙进了长白山。

康熙来到那块卧牛石前，果见孙良的尸身立在那里。康熙点点头，自言自语地说："此人勇敢忠义，我封他为山神爷老把头，今后农历三月十六就是他的生日。"

康熙皇帝话音刚落，就见孙良的尸体摇了三摇要倒下去。康熙有点奇怪，就命令手下的人，说："快！快放倒一棵树，让树墩给他当凳子。"

不一会儿，树墩弄好，孙良的尸体果然稳稳当当地坐在上面了。

皇上既然封他为山神爷老把头，不能没有老爷府啊，于是就用红布盖在一块树皮上，大家跪下参拜，算作"老爷府"。

从此，孙良就成了受封的山神爷老把头。由于孙良放山用一个五尺棍拄着，后人放山也拿个棍子，叫索拨棍。放山前的第一件事是拜把头庙或把头坟；进山后的第一件事是修老爷府。三月十六是老把头的生日，放山人要放假，杀猪宰羊为老把头过生日。山里的人不坐树墩，是因为那是传说中的老把头孙良的板凳，是祖师爷的位置。

这些山规习俗其实都是人们对自己崇拜的人的一种尊敬，乞求能得到他在暗中的帮助。

在山里干活，不许随便说话，说是怕冲撞了山神。也不许随便吃东西，怕咬了风水。晚上睡觉一律头朝南，开山斧和各种工具要排齐，放在炕梢，鞋尖要冲门口，做梦不许告诉别人，怕说漏了天机。

麻达山（迷路）不要慌。单人初次进入林区或是离伙走散的人，由于地理情况不熟而迷路，俗称麻达山了。这时迷路人精神紧张，越紧张心越慌，出现掉向，视东为西，看南是北，总认为前面就是方才走过的路。尤其在夜间，在原地附近不停地来回徘徊，直至气力耗尽，饥渴冻饿而死者屡见不鲜。

有经验的木把，虽常年在林间，有时也会出现麻达山现象。当他感到麻达山了，就赶紧找棵树根蹲下，不急于乱走消耗体力，等待恢复神志。天黑了打起火堆，发出求救信号，驱寒熏蚊打起小宿。白天则可观察树皮颜色，看树枝头的稀疏或看太阳、水的流向，晚间看月亮以便判别方向，最后走出迷津。

在山里，人和动物也有了感情。

伐木人和其他行帮都经常保护一种叫豺狼狗子的动物。

传说豺狼狗子在山里对伐木人很有感情，也有的说它是老把头的看家狗。这种动物是食肉动物，牙、爪尖利，体积不大，善于跳跃。爬树赛过家猫，叫声似巴儿狗叫，多是群体活动。伐木人在山里打小宿或是搭仓子、住木把房子，都有意识地把剩饭或饭渣等撒向房子所在周围，当豺狼狗子觅食看到后，即在房子或宿地周围撒上一圈尿，任何动物嗅到豺狼狗子的尿味儿，都退避三舍，不敢靠近，木把就可安心睡大觉了。

据说老虎虽凶，但也惧怕豺狼狗子，一旦遇上如逃避不及时，就可能被这个只有猫体大小的豺狼狗子吃掉。由于它们是群体活动，遇到捕食对象就群起而攻之，它们跳到老虎背上、颈上、肚子上，用其锋利的爪抓在皮肉之间，把要害部位都咬住，任它虎爪、虎尾再厉害，也奈何不了它们。它身体轻，又善于跳跃爬树，很快就把老虎缠得走投无路，任其摆布。这时它们就借势驱赶老虎向水边走去，遇到水就开始进行撕裂皮肉的进攻，直到把老虎咬死，大吃特吃，吃一气儿再到水边喝水把吃的食呕出来，再吃，再呕。据说十只八只豺狼狗子一宿就可把一只大老虎吃个精光。

进山人要说吉利话，不能说丧气话。不论放山采参或当木把伐木，在山里山外，为图吉利都不准说些个不三不四的话，否则会遇上死亡的危难。年三十煮饺子，煮破了不能说破，要说"挣了"。黄米要说成"圆米"，他们忌讳说"黄"字。

老把头的座位不能随便坐。早年伐木人在山里干活规矩很多，一旦违反就会遭到同行的斥责或把头的打骂。伐木后的树根即树墩，无论是新伐的和旧的都不能坐在上面休息，因为这树墩就是老把头的座位，凡人是坐不得的，如坐了就会得罪于老把头而降祸，对大家都不利。其实这也是伐木人对森林的一种尊重。

山里的伐木帮，搭房子也很有说道。

长白山当地人也有叫搭马架子或地窖子的。进山勘查、测量、采松子等作业，因路远不便于返回驻地，而这种作业时间大多是十天半月的，所以就得选地搭仓子，支上临时锅灶，解决食宿。子就是家，通称叫房子。在仓子里吃饭、睡觉、休息，还可避免野兽的侵害。仓子搭在什么地方要经过带头人的选择，一般要选择向阳背风，靠近水源，地势平坦宽阔的地方。放山人搭仓子讲究更多，认为南为小北为大，北面是老把头的地方，东为青龙，西为白虎，只能西山头比东山头高，否则，就犯青龙压白虎的大忌，是不吉利的。仓子或马架子，一般都是先用木杆搭成人字架，依次排开，绑上横梁把人字架架牢，仓子长短依人数多少能住开而定。人字架的两坡用桦树皮或椴树皮苫上，也有的用树枝压上，使之能避雨。一头堵上，另头做出入的门户，里面用松树枝叶铺上半尺厚作铺，上面就可睡觉休息。天冷时仓子中央用油桶做炉子，烟筒朝天，睡觉时不停地烧火取暖。地窖子基本和地仓子一样，主要是怕天冷，住的时间长，在仓子里向地下挖去半米多深，这样更易于保温。还有的仓子更别致，顺人字架从前到后两边搭地铺，铺上苦好草防止雨刮进即可。中间一溜上方全敞开，就地打起火堆。夜间火映红天空，有时大雁从空中飞行，看见下面有火光，眼花乱，一头掉进火堆，成为人们的美餐。

晚上睡觉打火堆。打火堆是放山人或木帮不可少的习俗。人住下后就打起火堆，燃起篝火，一直不熄，直到人们离去。打火堆好处很多，可以驱赶烦人的蚊虫小咬；可以防止野兽；可以防潮取暖，烘烤衣服；可以为人指路。天黑了看见火堆就不能迷路，白天看见浓烟可判断出离房子的远近。

夏季在山里放山休息叫"打小宿"。在山里天黑了，回不了房子或驻地，或是麻达山的人采取的临时措施，人们可倚在大树根下，砍些树枝倚在树干上，以防露水打湿衣服。人可席地而坐，打起火堆驱赶蚊虫小咬和取暖，避免野兽靠近，有了火堆就可为人壮胆，待天亮就可择路走开。人多的也可简单地搭起人字架披上树枝，四外用树枝堵上，用来防风防雨，人们即可在里面休息。

平时，木把们在山上说话要十分注意，不能提断、砸、折、压等音和字，也不能说"掉"字，如斧子掉头了，只能说"出山"了。上吊叫"背毛"。总之，就是图个吉利。

山场子活从头场雪开始一直干到第二年的二三月份，中间大年要在山上过。

木把过年，说道更多。

木把们常说，过年了，砍"过年树"。

"过年树"是指年三十那天上午干一上午，下午每人割一棵。这棵树，很有说道。第一要找"顺山倒"的；第二下锯要绝对有尺寸；第三这棵树夜里一定要站住，多大的风都刮不倒，多大的雪都压不倒。第二天早上（初一）当饺子下锅后，把头拎锯上山，几锯就要放倒这棵树。然后齐喊："顺山倒——"然后回去吃饭。

回去时，饺子还不能煮捞锅。

这就是木把过年。

在这种割树习俗中，要求木把必须选顺山倒树，以示这一年顺顺当当，求得万事平顺。

这种仪式的背后，是木帮行的木把面对残酷的大自然来显示自己的威力，隐藏着一种和大自然决斗的雄心壮志，也是木把们战胜自然、征服自然的一种气魄。试想，伐这棵树要有多么大的难度，先割几锯，在山林里放一宿，还要不歪不倒。第二天早上，还要在限定的时间里几锯割倒大树，然后才能回去吃饺子过年。

这是种高难度技术，是木把多年练出来的。老林中深夜风猛雪大，被割了的树，又有锯口，而又不被风刮倒，这是多么难啊！所以，他们这是用自己的实力和技术向山神大自然宣告，我们也不是好欺负的人。

同时，也是对木把技术的考验和测试。不会伐这棵"过年树"，就称不上木把，你也就不会安心地回到大房子和大伙一块大碗肉、大碗酒地过年。常常有老木把对那些小年轻的或不谦虚的人说："你还当木把呢，你一年放不了一棵树！"

这一棵树，就是指年三十晚上割的这棵树。木帮善于把技能和宗教信奉结合在一起来继承和流传。所以单纯地把某些习俗看成是一种宗教信奉习俗是不够的。

（一）伐木人歌谣

读这些歌谣，我们常常想起马雅可夫斯基的至理名言："无论是歌，无论是诗，都是炸弹和旗帜，歌手的声音，可以唤起阶级。"（见《马雅可夫斯基诗集》，译文出版社，1962 年版）。许多木把歌谣，往往是一些老木把一生经历的苦难叙述，有些又是他们生活的痛苦的呻吟，听来是那么凄楚动人。

1992 年 6 月我们收集于长白县横山林场的一首《木把这行不是行》说：

世上一行又一行，

木把这行不是行。

三教九流有名次，

咱七十二行排不上。

少小离家闯关东，

长白山里当木帮。

春夏离家赶南海，

十冬腊月蹲山上。

北风扫掉脚指头，

鼻子冻得像大酱。

叫声爹，叫声娘，

回去看你没指望。

　　木把们大多是山东和关内一带闯关东来东北的，往往是独身一人，在山里累死冻死，往雪里一埋完事。在鸭绿江和松花江放排古道两旁，一座座荒凉的木把坟，向我们展示着往昔放排的繁荣和木把自身凄凉的下场。还有一首歌谣叫《闯关东》：

出了山海关，

两眼泪涟涟；

今日离了家，

何日才得还？

真实地记录了当年闯关东人离开家乡，闯入东北来谋生时的心境。

还有许多采伐歌谣。如：

伐木头

油锯突突响，

锯手把话讲。

大树往上倒，

弟兄好吊铆。

打丫杈

板儿斧锋刃白，

小伙子们抡起来，

砍掉旁杈和斜枝，

正桯留出来。

下件子

看得准，量得对，不短尺，不浪费。

量体裁衣，因材下锯。

穿坡谣

滑道直，山坡陡，

木头翻飞声声吼。

林里走，雪里钻，

木头穿梭冒白烟。

刚看冒股烟，

眨眼到下边。

牛穿坡

摽紧爬犁牵住牛，

未曾起卧想咋走。

脚踏实，留神瞅，

防止擀面树撞头。

拿命换

要吃"横山"饭，

就得拿命换。

走进伐木帮，

好像进牢房。

推起轱辘马，

险道滚大梁。

断闸砸伤腿，

甩车压断肠。

吃的橡子面，

咽的苦菜汤。

把头抡棒打，

财东似虎狼。

木把卖苦力，

年年拉饥荒。

血泪流成河，

几人回家乡？

口述者：黄修勋等　采录者：张平

1985 年 4 月采录于八道沟

木把苦

木把苦，

木把累，

木把受尽牛马罪，

砸伤摔死没人管，

乱尸岗子把狼喂。

木把屋

板房露着天，

破锅锔几回？

吃糠咽菜饿断肠，

木把之人声声泪。

连起麻袋片，

全家当成被。

几时才能见青天？

何日才能把家归？

摘挂

钻进"罗圈挂"，

木把命难保，

伐倒大树赶紧跑，

稍慢一步命报销。

（注：伐倒的几棵树同时压在一棵树上呈现罗圈状。木把工人需钻进罗圈，将支撑树伐倒，叫"摘挂"。）

口述者：张刘氏　采录者：张平

1984 年采录于长白县

采伐工人歌

上山天不明，

下山一天星，

小咬儿咬，

草爬子叮，

长腿蚊子瞎哼哼。

回头棒子狠，

树倒一阵风，

麻溜快，要机灵，

光会出力可不行。

汗水都洒尽，

兜里还溜溜空，

有心摔耙子没处去。

多咱能天明？

[注：小咬儿：长白山里一种咬人吸血的黑色小飞虫。草爬子：俗以为长白山有四大蝎虎（关东方言，厉害），叮咬人畜最狠最猛。它们是小咬、蜇麻子、哈拉海、草爬子。哈拉海也是蜇麻子一类"蜇人"的植物。也有人说，它们本是一种植物，可能是"冬虫夏草"，不过因水土关系，生长状态稍有变化。摔耙子：由《西游记》引出的俗语，辞职之意。]

口述者：刘齐氏　采录者：齐俊祥

1968 年 4 月采录于吉林市红石

这首歌谣真实地记录了采伐工人的生活。

这样的木把当够了

河里发水浮两岸，

头天赶个八里半，

第二天到了于家店。

小木头似支箭，

把头两岸站着看，

好似牛头和马面。

只听咔哧一声响，

木排上了砬子腰，

大锅小锅水上漂。

大水冲散木头，

这回南海去不成，

这样的木把当够了。

口述者：孙发　采录者：孙来今

1960 年采录于延吉市

木把思乡

三更交半夜呀，

月牙照山岗。

松枝双栖鹭，

风吹花暗香。

想妹子，在家乡，

手托腮帮泪汪汪。

盼哥早早回家乡，

——情妹盼断肠啊。

三更夜风凉呀，

木把想家乡。

两眼望山外，

云海雾茫茫。

想妹子，在家乡，

独守空房多凄凉。

想哥想出心疼病，

——恨哥薄情郎啊。

三更难入梦呀，

想人最心伤。

贫寒姻缘苦，

情深恩爱长。

想妹子，在家乡，

锄田刨垄开山荒。

妹盼情哥离木帮，

——困苦妹承当啊。

口述者：刘老太太　采录者：齐兆麟

1960 年采录于大泉源

伐木歌

伐木料，进深山，

楞垛巍巍上青天。

修筑楼阁供神仙，

木把祷告求温暖。

仓子透风寒，

神仙不管咱。

伐木头，垛满山，

千柁万檩顶云端。

盖起大厦住高官，

木帮茅棚断梁椽。

风冷雨更寒，

雪花落枕边。

口述者：齐关氏　采录者：齐兆麟

1962 年采录于快大茂镇

木把情歌（六首）

一

哥在老林做木头，

三九三伏不歇手。

只为明个下山转，

给她买瓶桂花油。

二

两手空空又回山，

妹倚门框泪涟涟。

穿林过河一百里，

还觉妹在身后边。

三

临别喝妹一盅酒，

回山下力做木头。

做到日落月亮升，

一年到头有劲头。

四

小河水，清又清，

柳毛下响起棒槌声。

扑腾腾，扑腾腾，

一声重来一声轻。

一声重来一声轻，

声声响给木把小哥听。

五

婆婆丁，开黄花，

娶上媳妇当不了家。

无冬论夏做木头，

支不着劳金山难下。

小褂成丝绺，

裤子疤补疤，

一双你做的白布袜，

俺揣在怀里不忘家。

六

小媳妇蛋儿，上河沿儿，

铜盆儿装着花手绢儿。

花手绢儿，跑彩线儿，

那是木把哥儿还的愿儿。

口述者：郝哈哈（绰号）　采录者：王希杰

1980 年 6 月采集于三岔子林业局敬老院

伐木人

伐木人，苦又贫，

吃糠咽菜住山林。

把头克饷常挨饿，

瘦成骷髅不像人。

伐木人，穷又难，

采伐身披麻袋片。

上山三年没结账，

思念家乡无盘缠。

（注：盘缠：路费的俗称。）

口述者：齐刘氏　采录者：齐兆麟

1964 年 6 月采录于长白县十四道沟

第二章　拖木

在地球北部，长白山山脉中心有个地方，这里，一年四季大部分时候被冰雪覆盖着，雪从上一年冬季持续到第二年5月，万物都被厚厚的白雪覆盖着。

大雪落地北风日夜呼啸，一切生灵都本能地隐藏起来了。

这使得这个地方有些孤单和冷落。

许多人听到这样一个故事，是那么久远。

一、神奇的拖木人

相传，在久远岁月之前有一个猎人，他在林子里追赶紫貂，土话叫撵大皮。

大皮，貂的别名，是指这种动物的皮毛很贵重，从前皇爷贝勒、格格们穿的最上等的服饰便是貂皮做成的各种衣裤，就连皇帝的套袖也是貂皮。据说这种皮袖不沾水，一旦皇帝与客人交谈有了口水，便暂时吐在袖筒里，然后再伺机趁人不备一甩，便走了……

但捕貂很不易。

撵大皮要从寒冷的冬天开始。

严冬，当第一场雪落地之后，雪地上发现了貂的踪迹，于是猎人在这个地方修一个小院落，里面挖好陷阱就开撵。这一冬天，猎人都要在貂的身后追赶。直到第二年春天或夏初，迟迟的暖天来了，山上的雪快要融化了，山路也快泥泞了，貂于是回到出发的地方，一下子掉进陷阱里被猎人逮住了。

这就叫撵大皮。

可是，据说这个顽强的猎人没有抗住北方冬季的严寒，在漫长的追赶紫貂的冬夜，活活冻死在山上了。

这个人，叫张广才。这座大岭没有名字，于是人们就管它叫张广才岭了。

据说，冻死的人不倒下。

他是坐在那里望着远方。直到第二年人们发现他，一捅他，他"啊"地叫了一声（据说这是冻死的人肚子里憋着一口气，人一碰他，气放出来了），于是倒下了。人们说，这是张广才在哭喊。

这一带的人吓唬夜里不肯睡觉的孩子时往往说，快睡觉，你听，张广才叫唤了，不好好睡觉，他咬你……

这个奇妙的故事流传了千百年了。

多么美妙而又神奇的故事。

可是传说终归是传说，故事也终归是故事，张广才岭根本不是一个人的名字，它是满语"遮根猜阿林"的译音。

"遮根猜"，满语意为"吉祥如意"，汉语谐音成"张广才"；"阿林"，满语意为"山岭"。"张广才岭"是满语吉祥如意的山林之意。

张广才岭是长白山的支脉，它位于今黑龙江省的东南部，就是北纬43°8′，东经139°6′的位置上，南起吉林省敦化，北接小兴安岭南麓，森林面积203万公顷，平均海拔800多米，主峰老秃顶子高达1 687米。张广才岭以东为牡丹江水系，以西为阿什河、拉林河水系，这儿是满族的故乡。据《山海经·大荒北经》记载，这儿有古老的肃慎之国，早在4000多年前，肃慎人就生活在牡丹江流域一带，清朝时期，以努尔哈赤为代表的北方满族人统治了中国，并在黑龙江设立了将军衙门。可是，就在满人大举入主中原成为统治者的时候，在茫茫的东北大山的深处却有一支没有跟随顺治"进京"的满人留在了大山的里边，这就是操巴拉语的满族巴拉人。

巴拉人主要分布在长白山脉张广才岭的大山中。

巴拉人过惯了渔猎生活。他们散居在这一带的深山密林之中，说话都是清朝前期的传统语言，还带着很多的土语，土语里又有许多女真语。今天流传下来的诸多语言就是巴拉人描写历史的重要记忆。

张广才岭多雪多兽。林子密实，木材长得特别茂盛，冬季是最适宜采伐的日子。从前的巴拉人久居山中，他们在山中阳光普照的南面坐北朝南盖屋挖窖，夏天打的猎物太多拿不回去，就放在屋窖里贮存，上面盖上篷，再压上石头，到冬季大雪落下，再套上爬犁去拉。因此张广才岭深处许多地方都叫"德都"，这是"猎人居住的地方"的意思。这些方言名字东起宁古塔西部，西至伯都讷（今吉林松原），南临通化、吉林，北至呼兰、庆安一带……

在这些流传和飘荡的奇特的语汇中，有一个方言，叫"套户"，就是指专门使用爬犁和套索把山上伐木人伐倒的木头拖下来的人家，他们的神奇经历至今还不被外人所知。

在张广才岭周边漫漫老林周围，提起"套户"大人小孩都知道。甚至有许多屯名至今干脆就叫"张套户屯""李套户屯"，这就可以准确地说，大概有了森林，有了人对森林的开发，"套户"人家就出现了。他们的住处周围最突出的特征是"雪道"。

北方，老乡管这种道叫"套子道"，是指伐倒的大树装在爬犁上然后由牲口拖着"压"出来的。这种"道"从老山里一直通向张广才岭周边的套户屯人家的院落。

套户屯人家很有特点，首先是房屋式样。他们的房屋和院墙都是木制的，甚至烟囱和房瓦也是木制的。

套户一生和"木"结下缘分。

在张广才岭一带，套户人家的院墙都是用一种山木垛起或夹起，显得厚实独特。而更有特点的是房屋本身。

这里房屋一律用树木堆成，俗称木刻楞，又叫霸王圈……

这是一种独特的木屋，里面烧着火炕，冬暖夏凉。

而更加独特的是套户家的木烟囱。

这儿的人家都习惯把森林里的"空心"大树拉回家做自家的烟囱……

原先，我曾经和许多人一样认为"木"怕"火"，可自从在张广才岭见到套户住处用木烟囱，木怕火的概念一下子消失了。

原来"木"是可以"走火"的，那燃烧的烟火可以通过"木"飘飞出去。这是一件多么奇妙的事情啊！

这一带人家的房瓦竟然都是"木制"的。做木瓦要用一把老铁刀去

"劈木"，把一段一二尺高的红松圆段劈成平块，就成了"木瓦"。

套户人家和屯落都散发着远古森林的气息，静静地坐落在寒冷的张广才岭深处。

这些漆黑的木瓦下的木屋里住着"套户"。

每到冬季，当寒冷的冰雪覆盖了张广才岭，套户们便走出这挂着冰凌的老木屋，他们牵着牛马，牛马再拖着爬犁，走向冰雪覆盖的深山老林，开启了他们神秘的拖木生活……

二、与牛马为伴

在人类历史上，记载动物的文字已经不少，有欢快的，有凄苦的。

暮秋，枯枝上栖息着一只孤鸟。

在遥远的山林，鹿踏过秋日斑斓的落叶前行。

当我听到它的悲鸣，不由翻涌起思乡之情。

一只蚱蜢正在歌唱。独卧于寒霜之夜，我感到无比孤寂。

这是日本文化人类学家牧口常三郎所著的《人生地理学》中的一些文字片段。这不禁使我想到，动物其实和我们人朝夕相处，相比之下，人类对动物的记载很少，很不够。当然也不全面。

而我，自从沿着雪道走进长白山里的套户人家，我才深深地感到，不是没有这种人去对动物理解和认识，而是我们没有很用心地去挖掘。

在我 1962 年亲历东北民间生活的历程之中，我第一次深深地被人和动物的情感所打动，我也开始从人自身的人格感到一种厚重的力量，那完全是来自和"套户"的一种实际上的接触的感受。

在寒冷的长白山里，动物是人最亲密的伙伴，尤其是套户家的牲口。

每一个套户的家里都为牲口们维修了一处上好的牛棚和马圈。那是因为，生活在这里的人完全要依靠着牲口去生存。

我曾经看见，诸多人家和他们的牲口形成不可分割的一个整体。

每一个套户从小就要"懂"马，而且每一个套户都有精心选择马的本领……

套户们使用的套子马，全靠选和驯。

在北方，每当秋冬，集镇上的马市便开市了。这时套户们往往成群结伙地奔向这儿，并不停地打听，是不是套子马。他们往往一打眼就能知道这匹马该不该牵。套户们选马往往瞅准那些著名的套子马。

套子马特点是体质粗糙结实，皮厚毛粗，鬃毛密而长。特别是头方眼大，颈短多呈水平状。它们身子狭长，前躯发育良好，肩短而立，四肢短而粗。关节明显，蹄壳子很坚硬。

这些马都具有非常优秀的品质。它们吃苦耐劳，便于拉套，是套户们的首选。

套户选套子马往往先观察马的"站相"。站相，就是马站立时的姿态。先看马前额是否宽，眼骨是否突出，大眼壳，眼珠明亮，清楚照人、水灵，眼珠的颜色为橘黄色，上下眼皮儿要薄，便于夜间瞅雪。套户们认为黄眼珠鹰眼是好马，耗子眼珠、灰色眼珠、玉石眼（虹膜缺乏色素，强光下看不清）不是好马。

接下来就要试马的耳朵。

套户上山对马的听觉要求极严。

套子马都是耳大小适中，竖起倒斜非常灵活。套户们认为"高粱茬子"耳朵的马听觉发达，而垂耳（绵羊耳）虽不好看，但在漆黑冬夜冰雪的山林中会听吆喝和鞭声。

然后看马的颈（脖）和身腰，这是架套的重要部位。主要看是不是大膀头，饱肩膀，宽裆口，圆屁股。这样的粗腿大棒，短蹄衬，蹄脚敦实的套子马，雪岭上迈步才能稳重……

选到家，接下来就是驯。

驯马，主要是领马上山，"见识"一下山上的活计。每当去时，就以好料相待，逐渐地，马儿知道了主人的心思，上山虽然吃得好些，但是已有沉重的活计在等待着它。于是，好的牲口懂得盼望这个季节的到来。

在冬季到来，头场雪还没落下的长白山老林，套户家就开始训练让马和牛自己自动地懂得主人的心思了。

更重要的是让马知道冬天来了。

在长白山的套户家，马是知道并懂得它这一辈子是干什么的，牲口的"聪明"简直让人无比的震惊。

冬天，这儿的雪一落下，人要训练马踏雪上山。

上山，往往是几十里的山路，主人不可能句句喊，要让它熟悉路，自己走。

进了林子的伐场，主人要去打枝、截木抬木什么的，这时要让它知道"等"。

等，就是一动不动地站在树下，别往别处乱走。在林子里，马从来不用绑在树上，要训练马的"自觉"。要让它懂得自己乱动有危难……

还有牛。

表面上看起来，套户们选择的牛和山里一般的耕牛也没有多大的差别，但是只要你细看就会发现，这些牛都是"抬头牛"。

所说的抬头牛，是指这种牛平时的体态就习惯于昂着头，不属于那种低头拉车的牛。这种牛，多是张广才岭套子牛后代。

套子牛是它们的遗传基因所带来的生命的特征。拉套子的牛，总是习惯抬头看前。这种习惯又很好地造成了它们"后坐"的能力。后坐，就是在雪坡上拖木下山坡时有顶住爬犁、使之不滑坡（俗称"跑坡"）的能力和习惯。

山场上爬犁套子的"跑坡"，时时会造成人死畜亡，这是太可怕的生存事件。

在长白山和张广才岭一带，山的坡度走势非常陡峭，有时木材的采伐点就在山顶上，而爬犁道的坡度甚至达到 45 度角，如果不是那种习惯"坐坡"的抬头腱子牛拖套，跑坡的事情是转眼就发生的。

在中国，牛的品种繁多，但尤以东北长白山和张广才岭延边安图套子牛的品种最为知名。它主要分布在长白山张广才岭及兴安岭东西两麓的呼伦贝尔草甸和嫩科尔沁草甸一带。这种牛，头短宽而粗重，额头稍凹陷，角向上前方弯曲，角质细致，颈短而薄，腰背平直，臀部倾斜，四肢粗壮，蹄头质地坚实。给人一种吃载负重的踏实感觉。

瞧这两头长白山老岭一带套户家的黄牛，它们天生的一副吃苦耐劳的样子。别看一头脸上有花，一头没有，其实它们是一头母牛所生，是那种优秀的"套子牛"。

套户们为牛修造了特定的圈。

那种圈是用山里的原木搭建成的木刻楞式"墙屋"，下雪时不怕风刮和雪压，冬季能给牛以温暖，并挡住夜里刮来的大暴雪，防止将牛压死。

在长白山的套户家，喂牛的槽，往往是巨木掏成。

山里人叫它实槽。就是一根大树，中间掏沟为槽。这样的牛槽会使牛的饲料总是湿乎乎的，便于牛的舔嚼。冬季，牛槽里的料冻成了块状，牛也喜欢啃，料里能带着水分。

牛是有灵性的动物。

记得我与《西藏最后的驮队》的作者加让西热共同谈起牛，他告诉我，那些同盐民们一道去荒寒的藏北驮盐的高原牦牛，在寒冷的冬季的荒原上十分听主人的话，无论野外风多大、多硬，只要主人用一根线绳为它们"画出"让它们待在那里的圈儿，几天之后，它们也会老老实实地待在那里，等待着主人来牵它，并把沉重的盐袋子码在它的身上。这说明动物是懂主人的心思的。在这一点上，东北山林长白山里套户的牛也恰恰如此。

套户们爱惜自己的牛，不但夜里把牛棚打扫干净，放上干草，让牛在里边躲过寒冷的暴风雪，而且在白天，当冬日的太阳升上晴空，原野上一片明亮时，他们又习惯地将牛牵出来，让它们在太阳照耀的雪地院子里照照太阳。

在长白山的套户人家，家家套户的院子里都有这种可供套子牛晒太阳的木棒夹起来的院套，以便为牛挡风。对于那些不怜惜牛的人，他们深恶痛绝。

他们最喜欢说民间小戏中那叫《说丑牛》的一段。大致内容是这样：

说丑牛，道丑牛，

要说牛，净说牛。

有黄牛，有黑牛，

有花牛，有犟牛，

有牤牛，有乳牛。

老牛落在庄稼人手，

春天拉犁把地勾，

拉得好来还好受，

拉得不好鞭子抽。

老牛落在屠户手，

临死闹个大抹头。

牛肉挑在长街卖，

八两半斤手提溜。

卖完牛肉还不算，

剩下一堆碎骨头。

又磨簪子又磨棒，

媳妇拿它别梳头。

剩下犄角也不丢，

长的做刮舌，

短的做篦子堵头。

零碎骨头也不丢，

能工巧匠把它修。

磨个四方骰子样，

随后就把眼儿抠。

抠个幺，对着六，

抠个五猴对三猴，

抠个三对着四，

耍钱场里把钱勾。

这个喊幺，那个喊六，

幺没成，六没就，

都骂老牛邪骨头……

牛啊牛，

人人都说是丑牛，

我说牛儿是苦牛！

套户们说这种顺口溜，其实透露出套户们对那些残害牛的人的深切的恨，因为他们知道，不久他们的牛就要奔向大山，去拖那沉重的套子拉木头了……

同样使他们关爱的还有驴。

本来，驴是北方平原和山林一带的重要驮力，而且，北方的木帮，特别是山场子活的伐木者和把木排放到江水中穿排流放的木把之人，别人也管他们叫"老驴"。

这种以驴来称呼人的称谓在今天简直是对人的污蔑和贬低，可是从前却不是这样。

从前，人们这样称呼伐木人、木帮和套户，是对他们人格与性格的概括，人们是把驴身上的诸多特点都加在木把们身上了。

驴其实是马科，在我国，从西部高原荒漠到东部的平原，从帕米尔高原到西南山地和青藏高原，都有这种动物。早在 6 000 多年前，驴在非洲的东北部被人驯养和家化，但在随后的日子里，驴经西亚、中亚来到我国新疆，后来多在陕西关中一带饲养发展，到了唐宋时代，驴已遍布中国。后来，驴进了东北。而东北的木帮之人，尤为爱驴是有特殊原因的。

驴是一种爱吃苦能吃苦的动物。它们灵巧、皮实，虽然有时不听话，有点犟脾气，但是一旦上套，它便开始卖命干活。

驴在牛马的行价中又比较便宜，季节性的套子帮可以随时购买驴，又能随时替换和补充，不需太大的成本。

套帮们都是一些穷苦人家，他们都希望少花钱买便宜的牲口上山拖木。

东北长白山一带的套户们分别选择大中小三种驴型，并按照活计轻重和劳累程度去分别使用不同的驴儿，如从屯子到套户们的山场子窝棚地之间拖爬犁、拉草料，还有山上倒换木头、归堆等，往往先由驴去完成，这样可以让马或牛歇口气，以便拖上重载，奔往高山雪道的漫漫长途。

三、组套

在中国北方寒冷的长白山里，冬季头一场雪是套户们组套的信号。

冬季的头一场雪一落地，拉套子的牛、马、驴们首先不安起来，急躁起来，它们时不时地在圈里用蹄子"吭吭"刨地，踢槽，仿佛在催促主人，都什么时候了，你怎么还没有动静呢？

这时套户的女人们也往往会说，牲口刨地了，还有什么没有料理好，你赶快拿个主意吧。

就在头一场雪飘下的时候，山场子把头也赶到套户屯来啦。

山场子把头一进屯就喊："开套啦！开套啦！"

开套，就是让套户们入山拖木。

山场子把头来时，一般都背着哗哗响的大洋，他是用足以把人引进生活深渊的金钱来诱惑套户上山拖木。

来招募套户拖拉木头有两种方式：一种是由山场子把头来招，就像前面说的那样，他出钱"打扮"（雇用）套户上山，讲好每米木材拖下山什么价；二是由套户把头自己组帮，和山场子把头讲价，然后开进山里拖木。不管用什么方式，反正套户们组套进山的时候到了。

（一）选套户把头

自古道，人无头不走，鸟无头不飞，是指人间的任何事情都要有人挑头、领头，套户这一行也不例外。长白山老岭黑瞎子沟的套户把头曹立山，就是几辈子在山里当套户把头的套户世家……

曹立山把头今年40岁，父亲和爷爷从前都是套户把头，于是到他这一代，也自然地当上了长白山里的套户把头。

他告诉我他的任务：

一是把大伙组织起来，不让大伙吃亏。这主要表现在当头一场大雪一落地，山场子把头来到屯子里来招人揽活由他出面和山场子把头讲价。他首先提议一块到山上谈价。

山上谈价，是指到实际干活的地点去边看边定。

比如今年山上雪多大。大了，爬犁上山省力，可是下山难控制，得多加几个钱；同时，要由山场子把头派人修道。就是往雪道上扬沙土，以便马和爬犁能稳住套，不跑坡。

比如山上雪小了，道上就露沙土，这叫沙土道。沙土道马牛拖重载费力，也要加几个钱。修道的钱由谁出，出多少要讲妥。

然后就是谈坡度。

坡度就是山的高度。弯多，坡多，都加钱。

还有距离。距离指套户们住的地方至山场子的距离。太远时，一天只能拉一趟，不出活，也要加钱。

这全靠套户把头和山场子把头面对面地去谈。但是山场子把头也不傻，他往往压价。你不干，他可以去找别的套户。于是套户把头往往是还得揽住这批活，还不能使他这帮人吃亏。总之，这真是一个高难度的本领。而套户们选把头，也必须选有这个本领的"能人"。

山上谈价又叫探道。

一边走，套户把头往往会不断地指指点点，安排一路上哪儿扔沙，哪儿扔雪。

越往上走，路没了，荒林雪原出现在眼前。

那雪，都是没膝没腰深。

有时一不留神，人没影了。到哪去了？原来是掉进深深的雪壳子里去了……

雪壳子，往往是大倒树的树空处，或者是山石的缝隙间。每年冬季，当厚厚的大雪一铺盖，老林里一片厚雪，什么也看不着，可是人一踩上去，就会无法控制地"沉"下去，不见了踪影。

别说是人，就是马，有时眼瞅着它拉着爬犁在林子里走着，可是再一抬头，马没了，不一会儿，马又从雪底下抬起头来，不停地晃动脑袋，甩掉头上眼毛上的雪。

这叫"马扎猛子"。

多么风趣的一种说法。扎猛子，是人往水中扎，而在寒冷的长白山这一带，马会往大雪壳子里扎猛子！

探路是为了延伸木材采伐场，这个苦首先是套户把头吃。

套户的大把头比较熟悉老林子，了解雪、冰、风和这一带的地形地貌；他探不好路，接下来的拖木拉套就相当危险。

（二）选盖地窝棚把头

一旦套户把头和山场子把头谈好，套户把头就要选盖地窝棚把头去盖窝棚。

冬季，长白山里雪大风寒，人要尽量选那种四外是山冈，中间有一处洼兜的地点来盖住处，盖地窝棚把头要会看"地相"，看看这地方顺不顺，邪不邪。

而且，他还要会盖。

这种套户住的窝棚延续了长白山林区千百年来盖房的方式：一是把旧的木帮们伐木住的老木刻楞房子修改一下，以便住人；二是就地挖坑二尺，然后靠山垒起来，用木头、冰块、泥土做墙，搭成那种地窖子似的土窝棚样式。

木刻楞的结构是用大原木当墙，一根根堆起，四角用扣咬上，外抹泥。木烟囱，大炉子，里边是南北大炕，可住几十或上百人。

地窖子是半卧进地下的住式。

这种地窖子顺山坡走向，一头开门。

里面对面两铺大炕，地中间搭四台大炉子，每座炉子的窝棚顶开一小天窗，主要是为了通风透气。有的窝棚房顶要留出一条缝透气，也为了烟和火往外飞腾。

窝棚里边日夜要烧火，不透气简直活不了。

这种窝棚，已经深深和山体组合在一起。如果大雪一落，从远处一看，根本看不到什么地方有人，从外表上看，仿佛很小，可人一旦走进去，才发现里边惊人的宽绰。因为这要容纳下几十人上百人一冬天的吃住，不宽绰是决然不行的。

选窝棚的重要一点，就是看水源。

水源，是指能够挖井的山洼处。

或者，能有山水流过，形成一处自然的水流。如果正好有一条小河或山泉在这儿流过是最理想的地方。

不然，就得自己建井。

在长白山黑瞎子沟以东红旗套户窝棚地，有一口古井，据说这是在乾隆年间套户们进山打的，可是林子越采越深，人们也离这口井越来越远，最后这儿形成了屯落……

不过，看到这口老井后，人们也就知道了从前套户进山首先要选择有水之地的必要性和重要性。

选择窝棚地的另一重要之处是周边要宽阔，以便贮放牛或马的草料袋。

这些，都要由盖地窝棚把头去完成。

（三）选看守窝棚把头

当盖地窝棚把头领人将地窝棚盖好，就要选看守窝棚把头了。

让我们想一想，一个又一个套户要起大早出窝棚上山，晚上天黑才回来，窝棚是他们休息和存放东西的唯一场所，看守窝棚把头的本领和人品是非常重要的。首先看守窝棚把头要保证屋子里暖和才行。

要暖和，就得烧。

看守窝棚的人，每天要不停地锯木，以便烧炉子。

如黑瞎子沟套户山场子，窝棚里四个大炉子，那巨大的"炉眼"整日地在吞吃着木头，这才能给在寒冷中挨冻了一天的套户们以温暖和舒适……

还有一件顶顶重要的事情，就是看守窝棚把头要负责给套户烤马鞍子和棉鞋。

白日，牛马们死命奔在山上和雪地里，牲口身上的汗，就没干过。一天下来，那牲口身上的鞍子就像在水里泡过一样，往下一摘，湿漉漉、沉甸甸地往下淌水……

但是，这种鞍子必须在次日上山前烘烤干。这种"必须"，完全要由看守窝棚把头用"温度"来解决。

夜晚，那一副副浸泡着牲口汗水的鞍子，悬挂在窝棚里的房梁上，下面是呼呼燃烧的火炉。马鞍上不停地滴着"水"。那是马或牛、驴的汗，已渗进马鞍的粗糙的皮革套里；火一烧烤，一股牲畜的汗味儿浓浓地散发出来，在窝棚里弥漫着。

这种味儿，呛得人上不来气。

可是，任何一个人，当看见马鞍滴下的马和牛的混浊的汗水时，往往又都会动心。

牲口本不是人，可它们让人心疼啊！

那湿透的马鞍，使人一下子对牲口——这种不会说话的生命产生出一种极大的同情和怜悯，它们如果会说话，它们将要说什么呢？

山中套户窝棚里，牲口的汗味儿像一层神秘的乌云在黑夜里飘荡着升腾着……

看守窝棚把头还负责给套户们"烤鞋"。

鞋，就是上山的套户们的棉乌拉。

这种鞋，如今是一双一双的胶皮、黑面的棉鞋，可是从前却不是，从前是一种古老的"乌拉"。

里边还要垫上乌拉草，晚上套户窝棚看守者还要负责给套户们抖搂鞋草。总之，想要在天亮之前烤干鞍子，鞋，牲口套包，还有套户湿透的棉衣等，就得拼命烧炕，烧炉子。

窝棚里的温度惊人的热，热得人一个个踹开被，光着身子还大汗淋漓。

人，不亲自来到这个环境，是不知道的，也不可能知道。

一个近 30 平方米空间的窝棚里，并排烧着四座火炉……

炉火呼呼发响，烟囱已通红。

呼呼的炉火，和外头呼呼寒风融在一起，已分不出哪是炉火，哪是风雪。

劳累了一天的套户，一个个睡下了……他们自由地伸开四肢，"吭吭"地放着响屁……人，像一片肉体波浪，在漆黑的岁月中翻滚……

有时半夜他们会突然坐起来，大声对着看窝棚的老把头喊："热死了！快！撮一锹雪，压压火……"

于是，老把头就会顺从地跑到户外，在窝棚边的山下铲回一锹雪，一下子压在燃烧的炉火中。"刺啦"一声，欢跳通红的炉火，顿时熄灭下去了。

这时，窝棚里升起一股浓浓的白雾气。

可转眼间，雾气飘散而去，寒冷顿时又袭来。

于是套户们又坐起，大喊：

"老把头，快！加火……"

老把头二话不说，又赶快跑到外头取来白天早已锯好的木头，整件塞进炉膛。

一会儿，炉火升腾起来，热量迅速上来，套户们一一个在火热中继续煎熬。而他不能有任何私心，必须把大伙的一切工具烤干。套户看守窝棚把头心中忍受着巨大的苦痛，他知道套户们的煎熬完全是为了让马鞍和套包赶快烤干，明日再开进深山去继续拖木生活的生死轮回……

（四）选套子头

看守窝棚把头选好，就应该选套子头了。套子头，是管理绳套和牲口的把头。

本来，每个套户是自己牲口的主人，他们自己的套，自己的牲口，应该完全由他们自己去操心，去管理，可是，山场上的套户帮专设一名套子头是为了时时提醒众套户对自己的牲口和套子注意，帮助管理大家的套和套具……

套子头有两项主要任务。

一是夜里，当劳累一天的套户们都睡下后，他要及时清点物品和查套。

山里寒冷风大，牲口在外面很遭罪。套子头要时时查看牲口们的状况，及时督促牲口的主人，说：

看看去，你的灰子踢槽了！

喂，张三，你的马卧地啦。

别人的都喂上了，你怎么还懒睡不填料……

这些提醒都是套子头干的。

这些提醒，很重要。有许多时候，由于套子头的提醒，而免除一场大祸。

有一次，黑瞎子沟的套子头宋老三半夜出去查套，他总听窝棚的左侧山上"突突"作响，没有风，没有雪，这是什么呢？

他于是急忙回了屋，对正在睡觉的大伙喊："快起来，窝棚后山有动静……"

大伙急忙穿衣出来。一看，原来后山发生了"雪崩"，山雪飞快地滚落下来，要不是他发现及时，整个窝棚和牲口，恐怕永远地压在下面啦。

套子头的另一个任务是沿爬犁道"查道"。

查道，就是在途中观看。

特别是在那些山体陡的地段，套子头要及时让套户爬犁停下，检查他们的套索。看看是否松动，或过紧或磨损的已不行的都得立刻换索，马虎大意不行。

这种检查，十分关键和及时，往往能避免重大事故的发生。

（五）选爬犁头

有了套子头，还要选爬犁头。爬犁头，是管理套户爬犁的把头。

这个人的主要任务是注意保养各副爬犁。如爬犁冻没冻裂，开没开卯，变没变形……

每当套户装木绑爬犁时，爬犁头往往亲自走过去触摸一下，拽一拽，试一下，看稳不稳。

爬犁是将大木从山上拖下的重要工具，它如不能载重，半路上就要出事。

爬犁头往往是屯子里出名的木匠，他对木对树的性能了如指掌。他的心思就用在爬犁上，他时时地提醒套户们：

"别光睡，起来看看气候！"

"给爬犁压压杆子，你的爬犁杆子歪了……"

"小心，左爬犁杆子走形了。装木时后边压着点。"

这所有的提醒，都是爬犁头的事。这都是非常重要的提醒。

而爬犁头对套户们的质问、责骂，套户们一般不生气，因为他们知道这都是为了他们好啊。

（六）找小股子

找小股子，就是找干活的人手。

所说的小股，就指一人一牲一爬，这是一个作业"单位"。一队套户往往由二三十个小股子组成，这主要看活计的多少，看活计量的大小而定。

在一般的情况下，小股子的牲畜是自己的，由他本人和牲口构成一个"股"。一个股就是一分子的意思。但也有出人不出牲口的，牲口由别人出，人挣一半股，牲口挣一半股，再看爬犁是谁的，相应分股份。

可是在进山运木时，由于牲口很重要，所以套户还是喜欢使自己的牲口，这样他们更了解牲口的脾气，使起来顺手，心里也就有底。

小股子有时也由两人一马或一牛组成。

这类小股子往往是由父子、哥弟、甥舅等一家人或亲戚组成，有一种互相照顾的意味，也是为了让套户这种"本领"能一代代地延续下去。在山上，我见到许多对这样的套户，他们吃在一起，睡在一起。这是血缘关系决定了小股子的组合。

（七）集套

当一切都筹备完毕，就开始集套了。集套，就是套户集合。

如果都属于一个套户屯那好办，只要定下一个日子，定下一个时间，大伙一齐出发就行，问题在于有许多"散居"的套户要一起集中，奔往山林，这就要提前选日子，定时间。

套户入山，讲究进山三六九，下山二五八。

在把头定下套户入山的日子后，各大小山间雪道上，一伙伙一队队一架架的爬犁先后出现了，各个把头领着自己的套户们走……

由于大量的"物资"都已先期运进山场，所以此时他们就是牵着牛或马，拖着爬犁，往一个方向集合，然后奔往山场子。

这样的日子，在东北长白山的雪道上是欢腾的日子，那一伙伙一队队的爬犁，日夜向一个方向进发，进发。

他们手拉着自己的牲口，心中想着这一季的活计；他们计划着美好的前程；他们梦想着这一季下来，能挣多少钱。

然后是，这钱一分一文怎么用，怎么花。

有时，套户离家时就发下了狠心，夸下了海口，等这一季下来，给爹娘各做一条新棉裤，给老婆买一瓶桂花油，给女儿买一条花手巾……

那时，离家的男人们的愿望太多，那是一种希望，是一种实实在在的希望。可是，这些希望能实现吗……

四、祭山

许多理想和愿望，其实都是虚无缥缈的，唯有死亡，时刻真实地威胁着他们……

很早的时候，人类就懂得了对自然的依赖。

依赖是一种认识，是一种理解。所以，后来有人把它叫作图腾。其实图腾是一个生命对另一个生命的认识和理解。

就像日本著名的民俗学家牧口常三郎说的那样：地球是一个奇迹，石头和树木也是一个奇迹，透过这些固体的现象，人看到了生命的脉搏和生命的规律……

我们生于地球，死于地球，我们依靠地球而活。我们感激地球，地球是我们的家园……一个人，只有把人类、气候、树木、河流和炭石当作我们自己，这时候，我们人才能与自然对话。

历史其实也是这样。

当你以一种很深的感情去接受某人或某物，并且或许是把他们当作了你自身的一部分而替他们设身处地地着想时，同情就由此产生了。

这是一种亲情。多少年来，长白山里的山民和套户，他们进山去找活路，从来不忘记对大山的祭祀。

他们奔大山而去，能不虔诚待山吗？

当一伙伙散居的套户都集齐了，当大家来到了山场子窝棚居地，当第二天就要拉牲口上山了，这一天就要祭山。

祭山，先杀猪。买来香烛纸马，在一处"把头庙"或大家认为山神爷显灵之处，摆上猪头，然后把头领着众套户齐刷刷跪下了。

把头开始念祭词。

把头说一句，大伙跟着说一句。

祭词大致是这样的：

> 山是万宝山
>
> 川是米粮川
>
> 马踏林海
>
> 众生前来
>
> 不求得金山
>
> 不求得银山
>
> 只求人马保平安
>
> 等平平安安干下这一季
>
> 再来祭祀你山神爷、老把头……

于是众人跟着说一遍。然后烧香焚纸马，就算祭祀完毕。

窝棚里，看窝棚的把头早把猪肉炖上了。放上粉条，蘑菇，大碗酒，大碗肉，大家大吃一顿，算是"开套"。

套户的祭大山分不同神灵，首先是山神爷。

山神爷——就是老虎。

虎在中国民间被称为林中之王，而在东北的山林之中也被称为王，是因为虎在森林之中行走如风，万物都惧怕它。套户要在林中干活，崇拜虎是一种自然之情。

在历史上，传说虎在危难之中也求助于人，这种故事表达了北方民族对自然的美好期望；历史上的诸多英雄如老罕王努尔哈赤等，据说都是能降虎之人，所以百姓期待着虎通人气，能保佑自己。

除了祭山神老虎外，套户们还要祭老把头。

据史料记载，老把头真有其人，他叫孙良。

据说他是山东人，到东北闯关东，在山里挖人参，结果和兄弟走散了，最后迷路而死，死后化为神灵，专门保佑在山林里从事狩猎、挖参、伐木、拖木的山林之人……

特别是冬季的开套之前，套户们要带上香酒，到孙良把头的神位处祭供，以求他保佑进山人马的平安。

一个挖参人变成山林人普遍崇敬的神灵，也反映了森林文化的普及。北方的民族依山而居，选择这位神灵成为自己的供奉对象也是自然的事情。

祭山神还包括对长白山大山的崇拜。

长白山包括张广才岭，是满族发祥地，清朝入主中原后，即把长白山封为神山并加以供奉。东北的诸多山民，特别是满族人在山中狩猎、挖参和伐木，清中叶中原闯关东的人不断涌入，他们在山林中活动，也逐渐地接受了长白山是神山的思想，入山前也祭拜长白山山神。这表现了一种民族思想的融合，展示了自然的丰富魅力。

套户们祭祀的另一位神，就是树神。

树神，其实就是木神。

这是一种深的层次文化观念。套户们每天和"木头"打交道，那些巨大的木头，随时都有可能砸下来，要了人畜的命。崇拜树木神灵，其实是祈求自然对自己的保护。树神往往是在树上刻出神的脸谱，或用剪纸剪出样子，贴在树上。

祈求树神的保护，在某种意义上是提高套户们的警觉性，这对在山林里摆弄木头的人来说是一种有意识的强调。人处于虔诚的时候或与一种事物交流时，人的注意力往往更集中，这同简单的崇拜有本质的区别。

祈求树神的保护会让自己的精神更加集中。

这是一种实质的提醒。事实上，没有一个人相信自然会化为一个具体的"物"；人们是把历史和文化的一种观念加在了自身生活之中，让自己的心灵得到全方位的放松，以便认认真真地去应对大自然中可能发生的一切变故。

大树伐完，无论是山上拖木，还是到楞场归楞，装车，到江边去放排，都需要人去抬，所以可以这么说，大山上的森林其实是用人类的肩膀扛下来的，所以，森林文化离不开抬木人。抬木人唱的歌，叫森林号子。

一种文化，它如果能被人记得，就说明它不死。这是文化自身的能力，也是它的价值。

森林是长白山独特的自然资源。这里的树林绿得使人心醉。那种苍苍茫茫的绿色把大山盖起来，整个山地和空中飘荡着森林的浓浓气息，树种奇特而丰富。特别是黄檗、水曲柳、桦树、铁力、臭松、美人松，这些古老而稀有的树种，在大山的西坡丰饶地生长着，而更为独特的是松树。红松、白松、樟子松、落叶松更是多得不胜枚举。就在西坡的松江河通往长白县的路上有一个地方叫"母树林"，这里的一片红松棵棵都有一米多粗，甚至有一米五和二米粗以上的。这片神奇的红松林据森林科学家推算树龄都在千年以上，它们是奇妙地躲过了长白山最后几次火山喷发而遗留在地球上的神奇物种……

人类的诞生和繁衍，经过千万年奔走和迁徙，人从一地到达一地，所有的生存历程和生活历程都是被一种文化所体现出来的。如长白山文化，它的鲜明特征是森林文化，而森林文化中的一种重要的类别就是类似森林号子这样的一种文化，这种文化属于一种地域文化，又是一种非物质文化。

一、寻找最后的抬木人

进入腊月，东北天寒地冻，寒风夹着雪花日夜吹刮。

由长春开往长白山腹地二道白河的火车下午近三点钟从长春始发，我刚刚爬上列车，外面又飘起了棉花套子雪……

列车在风雪中穿行，天渐渐地黑下来，车窗外昏黄的灯光把飘舞的大雪照得很清，天地间一片白茫茫，什么也看不清。

这样的行程我不是第一次，为的就是拯救东北文化。

一种文化的存在，就是价值。有些古老文化是随着社会发展而发展，而有些古老文化是随着社会进步而消亡。比如森林号子。抢救森林号子文化就是我此行的目的。

我多年来一直想记录、寻找长白山森林号子，它是真正的活态的森林文化，长白山文化之中不能没有森林文化，而森林文化中最典型的部分就是伐木。伐下的木，要运往山下和山外，还要运到江边，穿排、放排，而这一切活动都是靠木帮们唱着号子去进行的，所以森林号子应该是最典型、最具代表性的森林文化，也是最具特色的地域文化。如果能把老木帮们抬木的号子收集录制，那该是一件多么有意义的事呀！

目前森林基本停止采伐，那森林号子还会有人记得吗？

茫茫的长白山，是座神奇的大山，千百年来在它的深沟密林里究竟深藏着多少神秘还没有被人发现？

基于这种想法，我选择寻找森林号子的地点就是长白山腹地的白山市。白山市从前叫浑江市，地处北纬 42°38′，东经 138°2′的位置上。因为它靠近长白山主峰，又处于长白山西坡重要的景观带，20 世纪 80 年代中期被国家确定为白山市。白山市是以长白山而命名的，长白县就是它的一个辖区。那里独特原始状态和茂密的山林是中国最大的层状巨型复式山林，6000 多年来文字记载的四次火山爆发，其中 1199—1200 年最后一次喷发，是地球上有史以来较大一次火山喷发，不但形成了世界上最高的火山口湖长白山天池，而且还构成了冰蚀地貌和重要的地质生态带，各种奇峰、怪石、深谷、裂缝、竖洞处处皆是，并从此被森林所覆盖。

长白山还有多少使人敬仰的文化，我们还不得而知。比如这么粗大的木头，木帮们是怎样唱着号子抬的呢？这一切的一切，都是一个谜，它在诱惑着我前行，去揭开这久远的谜底。

我这样想着、兴奋着，已经没有一点睡意。我把额头贴在冰冷的、挂着冰霜的车窗上，透过外面纷纷扬扬的大雪极力去探望被大雪遮盖住的大山，透过朦胧的灯光去打量这座有着无限丰富内涵的大山……

非物质是平时人们肉眼看不到的，人们看到的是物质的。森林是物质的，树木是物质的，可是一座大山，一片森林，是人们唱着号子抬下来的。人类要了解大山和森林，就不能不去了解森林号子，但是这种文化，属于一种濒危的、时刻在消亡的文化，它伴随着森林的停采和树木的停伐而逐渐地消失了。传承这种文化的人也在老去。随着时代的发展，这种文化越来越成为遗留在山林中的千古绝唱了。

今天的人们，还能听到这样珍贵的森林号子吗？

凌晨一点，火车停在江源（三岔子）站。

车站上寂静无声。雪越下越大。站台上只有来接我的白山满族博物馆筹建专家崔子科一个人。

出了站口，就发现有灯一闪一闪的，是一辆出租车找活。果然，那车开到我俩跟前停下了。司机从车里探出头说，吃饭，就上来。街里有饭店没关门，这大半夜还有吃的，二话没说，我们俩就上了他的车。

坐在车上，我简单地对子科介绍了我这次来的主要意图，并和他研究怎么去山里寻找会喊号子的木把。末了还加了一句，这简直是大海捞针。

谁知，出租车司机师傅接过我们的话头，问道："什么号子？"

"森林号子。"

"不就是抬木头时嘿哟哎哟那玩意儿吗？"

"对呀！"

"有人会……"

"谁？"

"我姑舅他表弟任天元。"

"在哪？"

"三岔子林业局协力大队卢家堡子屯……"

听完他的话，我简直不敢相信自己的耳朵。这可真是踏破铁鞋无觅处，得来全不费工夫。经验告诉我，这不会是假的。因为我们已经是在森林之都的长白山里。再说，三岔子是从前的老名，现在叫江源，就是松花江和鸭绿江的源头之意。这儿老林子密实，伐木人特别集中，还有会喊森林号子的人也说不定。再说，这位师傅说得这么肯定，让人不能不相信。

听到这个消息，我立刻兴奋起来，饿意、倦意全消。我问子科从这儿到三岔子江源县还有多远，他告诉我还有39公里。但夜间雪太大，道不好走。司机听说我们这就要去，也有些为难。虽然是亲戚，但深更半夜的不便打扰，劝我们等天亮再去。我一看时间还有三四个小时天就亮了。天亮后下乡进山，单位会出车送我们。这时司机就把任天元家的电话号码告诉了我们，留下了自己的电话号码，并说好天亮后他先给任天元打个电话。就是这样无意中的相遇，也是这位叫李学发的司机让我有了意外的惊喜。车费明明是10元，我们给了他20元，算是为了感谢他帮我们找到森林号子线索的酬劳。

或许是因为这么快就有了森林号子的线索，或许已开始感受到长白山非物质文化遗产蕴藏着如此丰富的宝藏，这顿夜饭，我和子科吃得那个开心啊。子科还喝了半斤散装……

为了天亮的勘察，我们吃完饭后就赶快回到招待所休息。因为明天一大早就要出发进山。

没想到线索来得这么快，而且必须要做好采访提纲，这是我作为田野考察和文化人类学工作人的必行之举。于是我在子科沉睡之后揿亮手电，写着采访提纲：时间、地点、人物，号子王家谱，各代祖先名称、习惯、小名、字号、家庭情况，有什么让人难忘的事、爱好。抬木的工具、种类、名称，还要一一拍照，量出尺寸。还有抬木头的名称、行话、隐语。号子的种类、名称，调的种类、名称。号子举例。他个人的老照片。他家族的老照片。他现在的生活和活动情况，他拿各种工具的样子，出发、上跳、喊号。他的口述，他的家庭、个人、亲戚、朋友、同伙。他在山林里的感受。他家周围的山、水、河、桥、树、房屋、院子、村落名称、特点、风俗、民情……

越想越多，眼看着天际放光，而我兴奋得已没有一点睡意。

多年来的田野考察采访，让我收获也满足，也只有在这时才仿佛寻找到了自我。那时候一个人会把自身的一切勇气和智慧都释放出来去完成自身的选择，因为这是一个人理想的选择，也是一种长久的期望和等待。

天刚放亮，我便推醒酣睡劳累的子科，这时文化局派来的司机和摄像小谷他们已经在门口等候了。我们简单地洗漱一下就出发了。

汽车迎着长白山里的满天风雪驰去。渐渐地，那个叫卢家堡子的小屯在风雪中出现了……

堡子是屯堡的名，在长白山区是一片窝棚集中地之意，卢家堡子就是最早来到这里的是卢姓人家之意，要么就是此堡卢姓居多之意。下了车我们才发现，这里是真正的大山里的小屯，至今许多房屋还是木屋、木瓦、木烟囱。这是一个古朴而奇特的村落。一种浓浓的森林文化的气息已经向我们涌来。牛，在冰雪上卧着，一堆堆柴垛被白雪覆盖着。

从卢家堡子往里走的一个地方叫回头沟。我记得我当时询问当地的向导小谷为什么叫这名字，他说，回头沟是告诫人别再往前走了，因为前方除了茫茫老林就是一个一个的"干饭盆"，被人称为生命的禁地。

"干饭盆"是长白山中盆地的名。在这一带，这样的林中盆地很多，俗称干饭盆。人一旦走进去，就会"麻达山"（迷路），最后冻死或饿死在干饭盆里，变成一堆白骨。

这些小盆地有一堆一堆的白骨，都是不听回头沟村落人的劝说而误入死亡之谷留下来的。

于是这里，也就终止了人类前行的脚步。

所以卢家堡子可以称为森林的尽头，也巧，这里有个地名就叫"森子头"。

我们把车停在道上，打听任天元的住地。那人指着不远处靠道边的一个院子说，就是那家……

（一）号子世家

这时候，雪已经停下来了。眼前的森林村落在冬日的阳光中沉寂着。呼吸中有了浓郁的森林味道，心随着呼吸中的味道感受着。

每一片森林都曾经有自己的旋律，森林号子应该就是森林的旋律。在这里，能听到我渴望已久的大森林的旋律吗？

号子王任天元家是木板夹起来的院墙，门也是木门，上面贴着正月里的对联。我刚动了一下木门，院里就传出狗的狂吠声，接着一个人问我们是谁，然后门一动，走出一个人来。只见他有 50 多岁的样子，中等个，有些秃顶，但双眼炯炯有神，身体看上去很结实。果然是任天元。原来他今早已接到亲属李师傅的电话，这样大概知道了我来找他的缘由，于是热情地给我们开门并把我们让进院子。

一进院子才发现那只狂吠的大狗用绳子拴在院角，一只小白狗崽欢快地在我们脚前脚后奔来跑去。这是一个典型的山区人家院落。被白雪覆盖的院子里一堆堆的木杵子，一排小仓房，一个巨大的苞米垛架几乎占去了院子的三分之一……

雪落在院子和苞米垛上，映衬出森林和农耕生活的浓郁气息和鲜明色彩。这时女主人也热情地迎出来，将我们让进屋里。

任家是三间大房，我们进到靠院门的一间才发现里边还有一个小套间。里面的一铺火炕上坐着一位80多岁的和蔼可亲的大娘，她就是任师傅的母亲姜桂芝。一听说我们是专门来听抬木号子的，火炕上的老太太在炕沿上磕打着烟袋锅说："这玩意儿还有用？不过，你们算找对了。"她指着儿子任天元说："他，别的不会，喊号子足够你们听的……"

这一切是真的吗？

我再一次不敢相信自己的耳朵。很长时间我梦想着去寻找森林号子王，没想到这么快就在眼前了。我以敬佩的目光和急切的心情看着眼前这个憨厚的汉子，仿佛是要看穿、看透这个汉子嘴里发出森林号子的奇特旋律，企盼着号子的洪亮和苍凉能把我们带进远古，带进森林，带进岁月的深层和久远的历史。

"坐呀，快坐呀！"任师傅热情地让着我们。女主人忙着倒水，大娘递过烟笸箩让我们抽烟。我们感受着大森林屯人朴实憨厚的情怀。

坐下后我们就直奔主题，开门见山地让他谈谈森林号子的事。

果然，任师傅是一名真正的"号子世家"的传人，一提起号子，他就滔滔不绝地讲开了。

任天元的爷爷叫任福棠（1880—1926年），他是长白山里著名的老木把，在长白山里干了一辈子。爷爷是伐木、运木、穿排的能手，伐木从前叫开套。爷爷是从山东来到东北长白山里，和许多孤苦伶仃的木把们一块干着这种活计。

开套，在山里木帮的概念中是过了小雪的时日。那时外出的、串亲家的、玩牌的、猫冬的都回来了，一心等着开套。每个木把都属于自己柜上的人。到了这个日子，掌柜的派把头到木把们居住的村屯喊："明个开套！明个开套！"当天晚上，家家都要做好准备。先买好鞭炮。第二天，各柜头的伙计三五一伙，在村口屯头燃放鞭炮，高喊："开套啦！开套啦！"

放完鞭，烧纸码，拜山神爷老把头，然后背上线麻，带上工具，进山场子抬木去了。

提起爷爷和父亲任凤祥（1918—1966 年），任天元禁不住落下泪来。

他说，那时父亲也是十三四岁就和爷爷进了大山，冰里雪里地伐木、运木、穿排。

在长白山的森林里，这一切活计都离不开抬木。而抬木，都离不开喊号子，爷爷和父亲做梦时都喊的是号子呀……

爷爷和父亲都是因抬木头压伤了肺，后来都死于这种硬伤老病。

从 10 岁开始，任天元就一个人偷偷奔向了老白山的深处。

那时家穷，他总想干点活，能多挣点钱，可是干啥活能挣钱呢？他偷偷向人一打听——只有抬木头挣钱，于是他决定进木帮抬木头去挣钱。

（二）投奔马蹄窑

提起进山抬木头的帮伙，任天元立刻陷入苦痛的回忆之中。

其实在长白山森林里，无论是山场子活，还是水场子活，都要由抬木帮把木头抬到指定的地方，这一行，称为抬木帮。

和所有行业一样，抬木的木帮也有规矩，他们是一种民间形成的组织，有头，有大柜，有师哥和各色各样的人。因父亲从小就抬木，年轻时就压坏了腔子（胸），30 多岁就坐下了病躺在炕上。那时任天元就想多挣钱，一来养家，二来给父亲治病。于是他就偷偷地背着家人找到了他的姑舅哥卢景库。当年，卢景库是出名的抬木帮号子王。他说："舅哥，你领俺去闯闯号子帮吧。"

那时已解放，各个林业局除正常上林场干活外，有许多抬木帮自发组织，到处揽活，而在长白山里最出名的就是马蹄帮。

这马蹄帮，顾名思义，他们专门给烧炭的帮伙抬木。马蹄，指圆圈儿，马蹄帮是指他们专门对付难对付的活计，像马蹄子一样快，迅来速到的意思。

揽活，就是专门对付大宗的抬木下山或归楞、上跳、装车的活，但必须要让帮头答应，才能入这种伙。

在当时，离卢家堡子不远的这伙大木帮马蹄窑帮，领头的叫赵景阳，他在山里干了一辈子。他选人挑剔，但人也讲究，可他却是个不开面的人。姑舅哥见弟弟任天元这顿求，于是答应领他去试试马蹄窑。

任天元完全是背着娘去求姑舅哥的，因为他知道娘不会同意细皮嫩肉的孩子的他投奔马蹄窑。

因为娘如果知道他投奔马蹄窑，肯定舍不得他这个细皮嫩肉哇。

要想去抬木，先得有垫肩。垫肩是一件由三尺长三尺宽的白布做的东西，抬杠时垫在肩上。因为不敢告诉家人，任天元到集上偷偷花了六元钱找一家裁缝店帮他做好垫肩，选一个良辰吉日，就由姑舅哥卢景库领着，直奔了马蹄窑。

说来也巧，那一天，马蹄窑正在收木。那是从大山里的卡拉密（长白县）哨口运下来的五百爬犁原木，六伙抬木队正在归楞。可事也凑巧，偏偏有一副架（一副架，又叫一盘肩，是指抬木头时一边一个人，这指一副架）中的一个人老婆占房（生孩子）没上来，空架了。

卢景库一看，就对表弟任天元说："敢不敢顶上去？"

"敢！"天元说。

"那你顶上去吧。"卢景库平静地说。

同时卢景库又对空架边上的那个人说："兄弟，我这小兄弟家等钱哪！爹又病在炕上，让他和你一盘肩吧。"

"这……"

那个一盘肩叫刘义，平时也是个挺讲究的人，又认识卢景库，就说："行是行。不过，你得和帮子头赵景阳大柜过个话。"

卢景库说："好，我去过话。"

卢景库说完，转身走了。

这边，任天元就上了套了。

那天，也是该着，木头又多又大。任天元咬着牙和刘义对着走，还真是那么回事。只一上午，肩膀子上已压出一片的血迹，他一声没吭。

再说，卢景库去找赵景阳。当时，木场子里人多车多，爬犁和马套一片一片的，硬是没找着赵大把。可偏偏这时，赵大把一个人游走到了归楞的号子队边。

他打眼一看，怎么一副抬杠中有一个陌生的小伙，再一看，那小伙子的腿脚、步子走得虎虎生生，是个好料子呀。

赵景阳就问："谁家的后哇？"

"俺爹任凤祥。"

"啊，是他的小子？"

刘义说："卢家堡子老任家。"

赵景阳说："一个堡子出不了两个老任家，任凤祥的小子都是汉子！"

任天元一听，红着脸走上来说："大叔，是我呀！"

赵景阳说："不过，进我的马蹄窑帮，都得有个规矩。"他指着不远处的一盘石磨说："来！抠起来……"

任天元知道，这是个规矩，他不能例外，也不能给爹丢脸。当下，他二话没说，放下小杠，就奔石磨走去。

在当年，这种入帮抠石磨的规矩谁也不能违反。任天元来到了石磨前，他拼尽了吃奶的力气去抠石磨。这种抠，是用四个指头把石磨搬到肩上……

当牙根咬出咸咸的血水时，石磨已上了他的肩。

赵景阳走上来，拍着任天元的肩头说："好样的。大叔我收你啦！好好干。"任天元就这样在马蹄窑的抬木队里当上了木把。

（三）学规矩记号子

进抬木帮抬木头，首先要过规矩关，这抠石磨只是头一关。

规矩，就是说道。

在东北民间，森林里抬木帮的说道十分的残酷和无情。首先，一个初进抬木帮的人要听别。

听别，就是一盘肩的人，要考验你能不能经得住压力，称为别，这是锻炼和考验一个年轻木把要命的过程。

听别是这样：抬木时，往往是八个人为一盘肩（大盘肩），其中又分成两副肩（四个人一对），又分大肩、小肩四对。大肩，为右肩；小肩为左肩，各四个。

大肩的人，手拿小杠，带小悠（一人手里要拿一件家什）。小肩是头杠三杠，拿把门（一种中间粗，两头细的工具）；二杠、四杠拿掐钩。

到木头堆前，刷一下子闪开。杠子头（号子头）的号子一起：哈腰就挂拉吗……

这时，大肩（右肩）的这副杠一搭钩，另一边小肩（左边）的人要立刻同时搭上，而且要立刻接号子。

当杠子头的第二句号子一起："撑腰那么起吧"时，人家大肩要先起，你要微微后起一下，这叫听别（又叫吃别）。

你慢起，这是大肩在考验小肩能不能听别，人品行不行，听不听师哥的话，守不守规矩，能不能吃苦、吃劲，等等。

如果你听了，就说明你入行进规了；如果你吃不住劲儿，立刻走人。

其实，这是很危险的一种实验。如果对方一副肩想害你，在你听别时，在搭木时只要把手里的掐钩绳稍稍往你那头串一点点，号子头号子一起，他一别，对方就会"哇"一口喷出血来，从此残疾了（胸腔压坏了）。但大多数一副肩，一是为了让新来的人过关，同时也不让你伤着。但如果你不仁性，没有人缘，没有眼力，就容易被人算计了。

一伙木帮抬木队，就是一个整体。他们每天抬木，干活讲究的就是合作。因为干得多，才能挣得多。大家必须团结，一条心。敢于入抬木帮的人，都是好样的。就这样，任天元拼死过了第二关。

在山上抬木，吃饭不分，喝酒不分。

一人有酒，大家喝，干活时要互相照应。试想，两人抬木，如果一副肩心里不对付，腰一起，我一顶，一副肩的另一个人立刻开飞机（人身子向前一倾，倒了），这又叫唷掐钩。

两个肩，必须团结一致。

比如爬木头堆（归楞），四个一盘肩都要互相照应。木头起来了

（你太直腰了），前边的两人如果不想让你上，就上不去。

但前边的两个人如果想帮后边两个人一杠，人家手一提楞绳，你上去就顺了。

如果一个人，人缘不好，大伙想治你，太容易了。大伙想治你，谁也不告诉你。在太阳快落山时，选几根大木，或弯弯的木，你就不能按点上去，这样，一天的工钱就没有着落了。

靠着倔强的性格和穷苦的家庭背景，任天元从 14 岁起就成了地地道道的长白山森林里的抬木手了。

木帮抬木，必须要会喊号子、会听号子。会号子，一是会听；二是会喊。

在山里，不会听号子是当不了一个木把的。

在深山老林里伐木，首先要会听山场号子。

山场号子，是伐木的人喊的号子，他是为了让在山里作业的人安全、吉祥，充满了生存的意义。由于山上的树长在山坡上，伐倒后，伐木人就喊上一声：

顺山倒——

横山倒——

迎山倒——

……

这种号子，称为喊山号。是在提醒山上的人，伐木人或路过的人，都要注意安全。

顺山倒，是指大树倒下时顺着山的走向下来，这时，在山下侧的人要注意了。横山倒，是指大树在山的平台上倒下，这是最危险的。因倒树容易滚落伤人！而迎山倒，是指大树正冲着山倒下，这时如果在山的高处的人，要注意了，别让倒树伤着你。

所以，山里的号子，就是山林语言。一个不懂山林语言的人，是当不了木把，也进不了长白山老林的。

而抬木的号子，更是一个当木把的人必须要了解和掌握的知识。

抬木，全靠号子去指挥，一切语言，都变成了号子歌，不会唱和听这首歌的人，就永远当不了木把，更别谈抬木、运木了。

（四）木把与号子

现在人们明白了，森林就是这样被搬走的。抬木喊号，要有号子头。

号子头，又被人叫作杠子头，杠子头又叫哈啦嗨。

这是因为喊号子的人每时每刻嘴里都离不开喊号子时的哈、啦、嗨等一些字眼。

哈，指人猛地出一口气或喘一口气。哈，又指哈气。这是指人自然地出气、呼气的形态和表情，所以"哈"很形象地比喻了号子头的形象。

啦，是指人舌头一卷发出的最普通的音。啦，也是人在反映一种感受时的最直接、最快捷的音阶。所以"啦"是人类生活中最为迅速、常用的音阶。

嗨，也同哎、咳、嘿等相同。这是指一个人在受到外界的压力有感而发时的最为直接的声音。是指一口气突然猛烈地喷出。

而同时，嘿哟、咳呀、哎咳、哈啦等，这些双重的语气词，正是抬木号子的核心音域，是东北长白山森林号子的主体语气助词，它通过自身的独特功能传递了生命的自然功能，也记载了北方山林生活和地域文化的鲜明特点。可见，号子，其实是人在劳动时自然呼出的气声。这就是原始的歌意。任天元说，号子是催人的歌。这指抬木头的时候。

人，当一种重力压下来时，必然喘粗气。喘这种气时发出什么声音呢？这就是号子的产生。号子分喊号和接号。

喊号，称为起号。在抬木头时，杠子头（号子头）先唱，称为起号：

嘚嘟咿哟嘿——

大伙立刻接号：

一辈子没有儿哟，

嘿嘟咕噜啦——

这时，跟的人要紧。号子都是快撵。撵什么？都在撵木头，催木头。催木头，是指催人快些走道，运送木头到达要运去的地方。

任天元说，号子音阶的快与慢，是在指挥着抬木人脚步的快与慢。这快、慢也取决于木头的长短、粗细。

号子，是人在劳动时自然发出的声音，也是给人听的。号子也是人对抬木搬运过程中的发号施令。

比如其他地域的川江号子、长江号子、黄河号子，都是发号施令。森林号子也是如此。

号子发出的就是令，但这其中含有一种技术指标。所以森林号子又是文化、技术。

抬木头的人通过号子去指挥用力、走动。千百年了，森林号子在岁月的磨洗中诞生、流传、使用、成熟。于是，号子被人一代代固定下来，形成了这种特殊的文化类别。

"木头瞪眼珠子了"，这是抬木唱号的人常说的一句话。是说，你不抬，木头起不来；而你不喊号，木头走不了。"木头瞪眼珠子"，是指人已经急了，快干吧，快喊号吧，不然木头不会自己走动。

号子音调的大小、粗细、长短其实都和木头有关。

任天元说，他来到这个木帮，先是当一般的小打，抬木头，不久，他就练成了，当上了杠子头，开始了喊号子的生涯。

那时，他所在的马蹄窑队上，有几大号子王，什么王景臣、王景华、刘老三、卢景库，那号子喊得地道。他从他们身上和口中学来了不少号子的知识和绝活。

有时你一听，杠子头（号子头）一开口，声不一样了，调不同了。你再一看，他的眼神也不一样了。这时，其实是遇上不一样的木头了。

从前山大，树的种类也多，也杂。那时，有的最粗的木头像大立柜那么粗，人往跟前一站，没（mò）腰深。咋挂钩？

有时，那木头一头粗，一头小，咋挂钩？

有时，木头是弯把的，咋挂钩？

有时，木头带大树包，咋挂钩？

可是，只要一听号子，抬的人就知道怎么对付各种木头了。

号子头是精通山林树木的能人。他用眼光来选木。他眼光一落，就能决定在哪儿下钩，怎么搭钩。而这一切，都要由他迅速做出判断，并通过号子，把自己的意图传递给弟兄们。

"深搭钩哪么——"

"嘿哟——"

深搭钩，就是钩要搭准，掐稳。

这时，号子就变得多样了，味儿、调儿、语气、音阶也会发生变化。

号子是一种语言。它是特殊的森林语言，特别是到那种"木头瞪眼珠子"的时候，号子调就更出花样了。

一般是木头粗又大时，号子王的号子调发沉、发重、发厚。音，有些低。大伙一听这种号子，立刻也都谨慎起来，小心地选择下钩的角度，互相配合要快、得体并互相关照。

当出现弯、疙瘩节子又多的树时，号子头的号子调往往一高一低。一会儿高，一会儿低，称为花号调。这是让挂钩的人仔细去找好位置，别忙，看准。大伙一听那高低不平的号子，也就明白了。

当木头直，粗细相当，是一根好木时，号子头的号子调平和、轻松、愉快。大伙也就像往常一样接号了。这称为老顺号。

一根木，从抬起到堆到大载堆，又叫拿顶，随时会出现复杂的过程和意想不到的事情，这时，全靠杠子头用号子去指挥抬木。

比如，归楞，需要上跳。

上跳，就是木头越堆越高。为了能上去，要搪（搭）两根木板（称为跳板），抬木人要在它上面抬木上去。

人本来就沉，再加上木头，就更沉了。人一上去，木板就压弯了。这时，行话叫木头拉弓了。拉弓是相当危险的。

木跳上，木板拉弓，木头又放不下，又不能停，怎么办？就得用号来催。

这种时候，大伙什么也不说，什么也不能想，只听号子头的号子唱，而且要一丝不苟地听号指挥，不能有二心。

号子头往往喊：

前拉后拥——

嘿哟嘿嘿——

不能蹲下——

嘿哟嘿嘿——

……

因为，一拉弓，有人悬空，他轻了，可一旦他蹲下，别的人可能因为木板在瞬间的弹起，把重量传过来，就等于一下子要了别人的命……

所以，对于不听号或不懂号的人，森林木帮把头一定得严处他，不管你是谁。

（五）拜号子师

抬木头喊号子，不但要会，还要求号子唱得好听，这才能有人要，挣钱多。

有一回，任天元听说在大阳岔有一个号子王顾大把，叫顾长远，那号子喊得地道，声调洪亮，招人听，他就想去学。于是，他就和舅哥说："我想去大阳岔。"

舅哥说："你行啊？"

"闯闯试试吧。"

"可是，顾长远的饭不是好吃的。"舅哥不同意，"你刚刚在马蹄窑干得好好的，怎么又想走?"

他说："不知咋的，我可愿意听他喊的号子的调了，你就让我去吧!"

舅哥说："我偷偷把你领出来，就得为你负责，万一有个三长两短怎么办? 不行!"其实，他也是关心表弟，怕他上山去抬站杆（大的原木）累坏了。可是，看任天元非得想去拜见顾长远学号子，就说，你如果能给我背诵出 20 个号子段子，我就领你去试试。

"真的吗?"

"真的。"

"好，一言为定!"

当时，舅哥是低估他了。他万万没有想到，任天元从一进木帮，就对森林号子留上了心，别说 20 个，30 个他也会。

就这样，舅哥不得不领着表弟进山，直奔大阳岔。

当年的大阳岔是一片老山林，山林里住着勇敢的顾长远班。这个顾把头，那年已 70 多岁了，可是却像个棒小伙子。他会唱许多号子歌，会观山，眼睛毒。他往山上走一走，看一看，就知这片山窝能出多少老站杆（上好的原木）。

说来话也巧，老顾把头的队是 11 个人，一个做饭的，一个看东西的，一个吃杂八地的（干零活的）。任天元在舅哥的带领下，拜见了顾长远，说："大柜，俺来顶顶杠。不知你这缺杠不?（缺不缺人手）"

顾长远说："杠是缺。不知你能不能顶。"

"能顶。"

"过去在哪儿吃杠饭?"

"马蹄窑。"

"咋又上大阳岔?"

"就是想投奔师傅您。"

"哟，嘴还挺甜。投奔我干啥?"

"抬杠，听号子——"

顾长远一听，火了，说:"你立刻滚!"

因为顾长远最恨那种滑麻吊嘴的光说不干的人。任天元一看对方生气了，也吓得不敢说话。这时舅哥乘机把他的行李卷一背，跑上小火车，说:"怎么样? 跟我回去吧。"

可是，任天元任性地说:"表哥，我进一回山，连行李卷都没打开，这还叫个木把吗? 不行，我得再去碰碰顾把头……"

说完，他拎起自个的行李卷儿，就从小火车上跳了下去，重又回到顾长远的窝棚。

一推开门，任天元就说:"顾师傅，你还没用我，我不走!"

顾长远是个挺倔的老头。见任天元又回来了，就说:"上我这来，你会什么? 你如果会搭炕，我就留下你!"正好那时，山上窝棚里的火炕坏了。

任天元说:"我会搭。"

不一会儿，他就在另一个窝棚里搭了一铺炕。一点火，火乎乎往里抽。老顾头乐了。又问他:"你会号子吗? 喊两声。"他又喊了两串在马蹄窑学的号子。就这样顾长远留下了他，还挺喜欢他。夜里，他和老把头睡在一铺炕上，专门听老人的号子歌。

大阳岔山里，都是老甸子。冬季雪一落，大山一片白茫茫。没有人烟，四处清冷，野鸡、山兔冻死一片片的。

进山运木，先垫道。

爬犁和车没上去之前，木把们要先把道修出来，这叫去抽山茬。

垫道，抽山茬，全靠抬木、垫沙、铺土、扬雪、踩实了。老把头让任天元去找大木头先练练杠。这叫实步郎。

实步郎指八个人抬着一根大榆木，抬过来，抬过去，号子也不断地变化着。顾长远领头干。他的号子好听极了，内容也多，也杂，都是些新鲜玩意儿，把大伙的精神头都调动起来了。

他的号子调，有点东北民歌的味儿，又有山东味儿，给人一种神秘又神奇的感觉，就像一壶老浓茶，喝也喝不够。

实步郎开始用八个人抬。抬了两天，同一根木头，却减去两个人。再过了几天，又减去两个人，最后，只用四个人抬。

这时，顾长远对任天元说："小子，明天四个人啦！"

任天元点点头，说："谢谢师傅嘱咐。"夜里，顾长远撸开任天元的肩头一看，皮和肉已脱离。他一把抠下皮，任天元疼得"嗷"叫了一声。顾长远把一个五味子药包子按在他肩上，边揉边说，人哪，就要这样撸顺出来才行，这才能成为长白山木把。说着，顾长远给任天元唱起了一首古老的号子歌……

伐大树，穿木排

顺着大江放下来

哪怕游浪冲千里

哪儿死了哪儿埋

……

号子是那么苍凉，苦远。

在冬季的风雪之夜，这个调子把任天元带进长白山木把苦难的生存岁月中去了。

任天元知道，号子王顾长远是出名的老甸子人，他十几岁就闯关东来东北背坡。

背坡，就是身背大背夹子，硬木头上放东西，往山里背货。他能降住这些人。后来，凭他的能耐当了山把头。又凭他的能力，当上了大阳岔的杠子王、号子头。他是令人尊敬、喜爱的、有个性的关东汉子。

第二天，任天元上山，四个人去抬那根前几天八个人才能抬的大榆木。这全靠会唱号子的人得法运用号子才能把木头抬走。

号子的合理运用，有时反而省人。有时八个人抬不起的木头，一旦号子引对头了，四个人也能起来走。这种时候，完全是号子头把号子与生活的秘诀告诉了对方。那种窍门是老把头用多少年的喊号经验换来的生存宝典哪。

这种时候的号子，叫号子压点。就是当四个人起木时，杠子头喊号的一瞬间，抬木人腰身和屁股的起劲要丝毫不差地顶住木身，一搓一搓地拱动。号音的音阶在转换，人的脚步要点点踩在音上，一点不能偏过。这叫踩号。

踩号，这是山人的本领。

而号子本身，从此也形成了木把们用心灵去研究和体会的珍贵文化了。

从此，任天元就成了顾长远的贴心徒弟。

而他的号子也越来越招人听。号子王的名，从此就在长白山森林中传开了。

二、森林号子与号子王

蘑菇，本是山里人喜欢吃的一种植物，可是，木帮和号子王却管自己肩上的肉疙瘩叫"血蘑菇"。令人难以置信的是，一片森林，真就是由一个一个木把用骨肉的肩膀"扛"下了山。

这是一个什么样的肩膀呢？

在长白山里，两个木把见面，就会有这样的对话：

"血蘑菇长出来没有？"

"还没呢。"

"那不行。还得继续撸顺。"

撸顺，指揉搓，在东北话称为撸顺。是指人的肩头，要由木杠子去压，称为撸顺。

用木头去压肉，让木头在人肩肉上滚来滚去，这就是森林号子喊唱者的肩头。

一个木把肩上的肉变成血蘑菇要经历木头杠子滚压，一个月肿，两个月烂，然后脱皮，露出骨头，最后再长出肉疙瘩，这就是血蘑菇的长成。

一个木把的肩头的肉从他抬木头那天起就死了，肩上形成一个永久脱不掉的硬肉疙瘩，这才算是一个真正的木把。

（一）号子王任天元

在长白山里确认号子头，首先要看他的肩头。

在任天元家的院子里，我们扒开他的肩头，那标志性的肉疙瘩至今还硬硬地长在他的肩上，并且永远也不会消失了。但他动听的号子和执着正是一个真正的号子王所具备的品性。

（二）号子王老韩头

老韩头，山东人，早年闯关东来东北，后在长白山老林龙岗山脉的辉南一带山里一个叫"样子哨"的地方生存，被人称为号子王。这是民俗学家富育光老师早在 20 世纪 70 年代走访长白山深处时发现的人物。这一带，山大林密，林中有许多诸如老韩头这样的森林号子王。

进入冬季，老韩头自己进山，砍下木头，再从山上拖下来，然后盖房子修窝棚。他会唱山里的号子歌，主要是《拽大绳》木头号子歌。

> 拉呀吆——
>
> 嘿哟咳——
>
> 拽呀吆——
>
> 嘿哟咳——
>
> 孤苦伶仃呀——
>
> 嘿哟咳——
>
> ……

（三）号子王山老伴儿

号子王"山老伴儿"，人称女洞狗子。

洞狗子，又叫冬狗子，是指常年居住在深山老林里的人。而且，女冬狗子、女号子王很稀少。据说她从前是抗联战士冯才的妻子，后来，冯才在一次和日本人的搏斗中牺牲了，于是她一个人走进了深山老林。

在山里，她一个人孤独地生活着，渐渐地有一些山里人在靠近着她。在帮她的人中，也多是木把。

白天，他们一同进山，拉木、运木，后来，就生活在一起。但她从来不单独和某一个男人生活，她属于大山里所有的木把。

山里没有女人，她知道和懂得自己的珍贵。大家也都同情她、尊重她。

冬天的大山，寒冷无比。但是每一个运木、抬木的人，不会唱抬木、拽木号子，那是无法生存下来的，于是他们都成了号子王，并且听从山老伴儿的招呼。

山老伴儿所唱的号子，多是那种凄苦的民歌，如《五更》《串门》等。

她招呼人也用号子。

啊呀来呀——

嘿哟哎呀——

天头黑啦呀——

嘿哟哎呀——

山风起啦——

嘿哟哎呀——

脚下有雪坑呀——

嘿哟哎呀——

……

（四）号子王李毓生

在长白山里，究竟有多少森林号子王，至今也统计不清。

号子王李毓生的家离任天元家不远，也在长白山里的三岔子（今江源）的山里，属于江源青沟门爱民九社。

李毓生在当地是著名的号子王，他的出名的号子如《串坡》《拿大顶》都是很有特色的。在他的口中我们听到了许多生动的号子。

大肩膀哎呀——

嘿哟嘿呀——

往右带哎呀——

嘿哟嘿呀——

跟着拽呀吧——

嘿哟嘿呀——

狠劲拽呀吧——

嘿哟嘿呀——

……

（五）号子王曹立山

号子王曹立山是敦化黄泥河林业局的林业工人。这一带，属于长白山脉的老爷岭，翻过山，就是黑龙江牡丹江一带的张广才岭了。这里，山大林深，树木非常好。许多抬木木把都奔往这里。

一到冬季，山野就披上了厚厚的白雪，木帮们就上山伐木了。

大树伐倒，就用马爬犁套拖下山。

马拉着大木，从山上的厚雪坡上滑下来，然后运至楞场归楞。

这时，号子王曹立山又开始操起抬木工具，唱着抬木号子归楞了。

黑熊子沟呀——

嘿，嘿嘿——

马鹿台呀——

嘿，嘿嘿——

挣钱把媳妇呀——

嘿，嘿嘿——

娶呀娶回来呀——

嘿，嘿嘿——

……

他会很多森林号子。

如《装大车》《拿大顶》《拽大绳》《归号》等。

（六）号子王王守用

秋天，中央电视台在长白山搞了一次特殊的节目叫"国庆七天乐"，其中一个栏目是"长白山森林号子"展演。当时主持人毕福剑问，谁是长白山森林号子王？大伙异口同声地说是王守用。

王守用于20世纪50年代中期出生在河北的乐亭县，后来他到了山东的莱阳府。70年代随老人来到东北长白山里的磐石县当农民，农闲时他上山抬木头，就学会了号子。

学会号子后的王守用整个人都变了。他喊号子和抬木头都上了瘾，好像一天不喊一阵号子，生活就没有了滋味儿。后来他干脆离开家，只身进了长白山里当上了木帮，也当上了号子头。提起他当号子头还有一段有趣的故事。

那一年，他在一个林场里抬木头。他们的楞场旁边有一个山窝棚，里头住着一个看参棚子（山里的人参园子）的老头。那老头，那年已有80多岁了，叫卢殿月，整天端着杆烟袋，坐在窝棚门口不吱声。

王守用他们抬木头喊号子，总得从他的窝棚门口经过。坐在窝棚前的卢殿月每次听到号子声，就会用烟袋锅使劲敲打他坐的木凳子。

东北人都明白，他这是不愿意了。

有不少的抬木人一见这老卢头"发脾气"，就暗暗地骂他，这老东西，不愿听就堵上耳朵，耍什么脾气。

一连几次下来，王守用就用上心了。

王守用想，这老头为什么有时狠狠磕烟袋锅，是不是我的号子哪里不对劲，让他听出什么来了？

于是，他不顾伙计们的劝说，晚上去镇里打了二斤白酒，拎上两个猪蹄，就去参棚子里拜望卢殿月。他想问一个究竟。

老卢头也是个怪脾气的人。开始他就是不理王守用，可是，架不住人家王守用一而再、再而三地总去拜见，老卢头终于被感动了。他这才说出了实话。

原来，这个叫卢殿月的山里老头从前也是个有名的老把头，也是个号子头。他一听别人抬木头喊号子，就知道对方的号子好在哪，次在哪，哪段地道，哪段根本没味儿。

而王守用的号子，多半是长白山北坡一带的动静。而他，最熟悉长白山西坡、南坡一带的号子。

号子在各个地域，动静（声调）往往不一样。每到一地，需要变化一下，才能适合这里的味儿。

味儿，其实就是"调"，这说明一个领唱号子的人有一种极强的适应能力，也是文化的接受能力和号子艺术的创作能力。

当卢殿月指出了王守用的号子有些不适宜，王守用听到老人这样诚恳地"挑剔"号子的动静，一下服气了。他"扑通"一下就给卢殿月跪下了，立刻施礼拜师。

卢殿月见王守用如此谦虚仁义，也就收了他。

于是，从那以后的几天几夜，卢殿月认真教他这一带森林号子的特点和味道，一下子让王守用活了。

活了，是指他的号子发生了变化。

他的号子由从前的别地味儿，一下子适应了本地味儿，喊起来又顺口、又响亮、又好听、又好记。大伙干活也更欢实了。

后来，他的第一个长白山森林号子师傅卢殿月故去了，王守用真诚地把师傅安葬了，而他尊师学号子的事也传遍了长白山。

这之后，他又连续拜了刘雪仲号子王，又拜了郝喜武号子王。由于多方求教，他的号子大有长进，使他的号子具有了长白山地区典型森林号子特色。这些年来，他从卢殿月那里学会了长白山森林号子的味儿，又从刘雪仲那里学会了森林号子的见啥学啥唱啥的特点，也从郝喜武那里学来了大量的长白山传统森林号子的段子，一下子使他成为博采众长的长白山森林号子大王。他的号子主要有这样几个特点：

1. 传统的固定性

所说的固定，是指号子的名称和类别，这种类别就是在长白山区久远的历史中流传下来的那种。由于他有了这个积累，使得他的号子师出有名，各类号子很有典型的代表性。只要他一出口，跟的人、和的人、听的人就都知道这叫什么号子，很受人的欢迎和喜爱。

2. 生动的灵活性

许多长白山森林抬木号子在王守用的口中变化无穷。

他唱号子时，可以做到随口而出，不是抬木的人那是耳眼听不过来，跟不上节奏，他是在对别人极大的吸引之中完成了对号子的理解和吸收。他的各个号子完全根据当时的情景发出，让人充分地感受到他出口成章的本事，而且一句一字、一调一腔让人十分震惊，听他唱号子会给人带来无限的美感和清新。

3. 丰富的叙述性

长白山森林号子虽然是应用在抬木头的劳动之中，但是其实每一首都有自己的特色。王守用也是根据每一首号子的不同情况运用号子。然后他再通过号子调的快慢、长短、强弱来调节号子的声度，又通过号子的内容（词）的变化与不同，去吸引人走进号子的氛围中去，让人理解，并让人跟着去思考和回味。这主要是表现在符合人的精神情绪上。

三、号子诞生的过程

其实在这时，我们对森林号子产生的形态，已大致有一个轮廓了。号子，是一种森林的歌，它属于一种劳动的歌。

这种歌调，在抬木的劳动之中产生、发展、流传，从而形成独有的劳动号子。而这种劳动，就是指在森林中抬木、运木。

不像一个乐队在演唱时要靠乐器来伴奏，奏出相应的乐曲。而森林号子要由劳动来完成，他们是拿着这些劳动的工具来完成创作和演示的。

那么，唱号子时手持的工具都是什么呢?

（一）唱号子时的工具和用法

号子是在劳动中诞生的，在这种劳动中往往离不开的工具主要指那些抬木时用的工具。如大杠、小杠、把门、掐钩、小悠、绳索、刀锯、跳板、卡凳，等等。

1. 掐钩

掐钩，是由一个绳套或铁丝穿挂着两个铁钩的东西。铁钩有一定的弯度，用来搭挂木头。抬木时，掐钩掐住木身，上边的套穿上把门，两边穿上小悠，就可穿杠了。这种工具是号子手们不可缺少的。

2. 把门

把门，是一根长木。这根长木有 1.2～1.5 米不等。主要看木本身的粗细而定选。此木两头细，中间宽。中间的宽处冲上有一个卡，是挂掐钩的位置。两边也各有一个冲下的卡，是挂小悠的印。小悠挂上，穿好木杠，便于一盘肩来起杠。

3. 小悠

小悠，就是一种绳套。有 1～1.2 尺不等。主要是抬木人用来连接把门和小杠用的。当把门的在掐钩上卡住木头，人们立刻将木杠穿过小悠，然后在号子头"哈腰挂"的号子歌声中，将木头抬起。

4. 撬钩

撬钩又叫卡钩。这是一根 1.5 米左右的长木。一头上镶上一个卡钩，便于抬木人在归拢木头时使用。在山坡和楞场上木，都得使用卡钩。大树身体庞大，有时长钩一下子卡在众多木头的堆缝里，要不动一动，抬的人就搭不上掐钩。所以抬木人就得用这个工具去转动木头。

5. 搬杠

搬杠，相当于撬棍。这是那种长长的硬木圆棍，每当木头不好移动时，就将木棍的一头插进木头缝里，然后使劲搬动木棍，使其将要移动的木头滚动。在山上和木堆上，这种工具都是常用的号子用具。

6. 大掏

大掏，指大绳。在山上，绳都叫掏，或套。大掏或大套，是指长度在 50～100 米的粗绳子。这种大掏，主要是在唱《拽大绳》号子时用的工具。拽大绳，是指将一根粗大的木头用绳子拢上，然后众多的人一边唱着《拽大绳》号子一边往上拽扯。在木场上，常常有一些大木得用拽大绳的方式才能将它拉上跳，归上堆。

7. 小杠

小杠，是抬木的木把们必备的工具。是 1.2～1.3 米长的木杠，中间宽厚，两头细平、光滑，中间放着小悠。每当把门带掐钩搭住木头，小杠就由小悠挂起，于是一盘肩便可以去抬了。这个动作，是在号子头"哈腰挂"的声音中迅速完成的。

8. 卡凳

卡凳，是一种四条腿的长木凳。木腿分长短，这样就决定了木凳的高矮。用来架跳板。高的，是用来搭越来越高的木垛上的跳板；低的，是开始架时的跳板。许多号子就是在卡凳架起的"跳"上完成的。

9. 垫肩

垫肩是一块长宽各 3 尺见方的白布，也有是一条长布。用时要叠好，垫在抬木人的肩上。由于它是和人肩上的皮肉接触，所以称垫肩。这是木帮人的伙计。它又是一个抬木的木帮人生与死的见证。每一个木把的垫肩，都是用木把的皮肉骨血来使它传承下来，保留下去。是木把们的一部伤心的苦书。

（二）号子诞生的过程

一首号子的诞生，完全是同劳动同时产生的。这个劳动，就指抬木头。

在长白山的老林中，当人们要将木头搬走运走时，如何对付这根上千斤重的大原木呢？于是，一首劳动号子就伴随着它的运走而产生了。

1. 哈腰挂

任何木头，都是在号子王"哈腰挂"的号子声中被掐钩掐住而抬起来的。哈腰挂本来是动作，却由号子的描写而成了号子名称。

在"哈腰挂"这句号子产生之前，木把们先要对准原木站好，接着，要把把门和掐钩对准木身，只等号子王开口。

当一切准备好后，号子王的歌声起了：

哈——腰——那么——挂——呀——

这时，手拿把门和掐钩的大肩木把要在号子的催促下，迅速将掐钩掐在木头身上。这时，号子王歌的第二声开始了。有人可能问，为什么"哈腰挂"不用口去说，而选择了唱呢？

其实，说和唱的最大不同是气。唱着说，正符合重力压在人肩上时的形态，这是人自然发出的呼声。

同时，唱能减轻人的压力，又能分散人的紧张心理。而唱出的声音同时能给人一种轻松和美妙的感觉。

2. 撑腰起

撑腰起，就是在掐钩掐好木头后，在号子头的歌声中，抬的人要一起直起腰。

直起腰称为撑腰起，这是很有科学道理的。

撑，是指人要手扶膝盖，用劲地、迅速地直起腰。不能快，也不能慢。快与慢，全是在号子的指挥下完成。

号子头在唱撑腰起这句号子时，完全是根据观察和平时的经验，大家没准备好，他是不会唱这一句的。

接下来，第三句就开始了。

3. 往前走

挂好钩，又直起了腰，当然要走。

往哪儿走？往前走。

当然，有时也是往东走，往西走，往南走，往北走。而这句号子，也就是根据不同的方向变化着。

他们只说往这几个方位，这是吉祥的语言。

无论是往哪个方向移动，都是号子王通过号子来告知大家的。

号子一喊：

往前地走哇——

大家一合：

嘿哎哟嘿嘿——

于是，号子就这样产生了，这根木头，也就在号子美妙动听的音调声中，按人的意愿行走了。

4. 上跳

抬木，最重要的阶段往往是归楞和上跳。

无论是归楞还是上跳，都要走跳板，这时，号子就该丰富多彩了。

上跳是最危险的时候。号子也要随时地提醒大家注意前后左右。有什么要交代的，号子王就把话编在号子里传给大家。

如走在跳上时，号子头往往非常具体地"提醒"某某某"左边的小心点""嘿嘿哎哟——""右边的留心点""嘿嘿哎哟——"这是嘱咐类号子。

嘱咐号子，是问和告知；接号的"嘿嘿哎哟"是回答。

这一问一答的号子里，体现出号子王的机智和善良，是对每一个人的关心和爱护。

号子头不在头一杠，他往往在二一盘杠的头一杠，这叫"察前观后"。就是说前后的人他都能照顾得到。

他发出的号，谁不接都不行。

不接，不出声，就是没反应，没听到指挥，这是不行的。这样会使杠子头——号子头不好发下一句号，因他不知木把是否在他的指挥之下。

所以，不回号，他就会骂你，甚至打你。

5. 拿大顶

拿大顶，就是上木头堆。

上木头堆，这是最危险的时刻。脚下的原木打滑，肩上是千斤重的压力，稍有不慎，便会滚坡，造成伤亡。

这时的号子会特别的响亮，清晰。"前头翘哇——嘿哟哟哟——""后头往左摆呀——嘿哟哟哟——"

这是因为号子头看见木堆有一根大木有个粗屁股，不高抬过不去。如此等等的号子，都是号子头在指挥木把们科学作业，安全作业，直至大木在木堆上放好摘套为止。摘套的一瞬间，才是木把们喘口舒心气的时候，这时他们才敢于放松紧绷的弦儿，才敢回头张望。

一首森林号子的好与坏、长与短、简单与丰富，一切完全取决于抬木过程。这个过程如果复杂，号子就丰富、多样；如果抬到上堆、上车的地方远，中途要经过家属区、集市、过道、人家等处，这时号子就有可能多样化。因为杠子头要时时提醒抬木的人要集中精力，还要指责那些在一旁看热闹的人说风凉话。既要回击他们，又不能耽误活计。于是，一首又一首风格不同的、内容多样的号子就这样产生了。一首好的号子，完全是号子王的天才创作和艺术加工，是一种现实意义很强的民间文学作品。

四、号子的种类

长白山森林号子调律十分丰富，从前有七腔九韵和九腔九韵之说，还有十八拐（十八甩）之论。

甩，指号子调的音量变化走向，即向不同的方向"走"。上甩，是音的收尾向上挑，意在起号人告诉大家往上使劲。如：哈腰地挂呀——哎！这"哎"，往往是上甩。和一下句的"起"，共同起到往上用劲的作用。下甩，是指音的收尾向下坐，意在起号人告诉大家往下使劲。如：轻轻地落吧——嘿！这"嘿"有一种下坐下落的音律。属于下甩。前甩后甩、左甩右甩，都是号子的音在结尾处的重要的音律处理。通过音和调的变化，形成对劳动节奏的指挥。双上甩和双下甩就更加复杂化和多样化了。甩使得长白山森林号子能在复杂的林业生产劳动中存在并发展。

长白山森林号子在久远的存在历程中创造出诸多有名的号子音律的代表作，如《老母猪哼哼》《老太太调》《蛤蟆调》《十八挂》，都是通过调律来指挥抬木、完善生产、丰富生活的。《老母猪哼哼》调一起，大家都仰脸；《蛤蟆调》一起，大家都前一下后一下；而当《十八挂》一起，前后左右的人都低下了头。更有一些出名的号子，如《赞美人》、《渡东海》（又叫《扯篷帆》）、《娘娘车》、《海子唢呐》、《口口甩》、《英雄调》、《好汉坡》（又称《喊号子》，见富育光《东海沉冤录》）使人感受到东北森林号子的丰富和久远。

从前的大东北寒冷无比，大荒片子绿海茫茫没人烟，可是抬木人"巴图鲁吉勒冈"（喊号的汉子）声调一起，人人真情激荡，开进了深山老林。

长白山森林号子主要包括《风情号子》《历史号子》《人物号子》《劳动号子》《串坡号子》《归楞号子》《拽大绳》等。

（一）风情号子

《风情号子》是东北号子中很重要的一部分，它属于一种固定格调的号子，主要记叙了东北地域风情的一部分内容。这里记载的是富育光老师从他的一些口述文本，如《东海沉冤录》等中记下来的一些号子。有些只有调和名，没有词。

1. 赞美人

C 4/4

```
1 66 56 | 1 66 5 6 | 22 56 121 656 | 6 — · — |

5·5 62 1 | 1 0 65 62 | 132 232 34 32 1 | 1 — 6 — |

6 — · — ‖
```

2. 娘娘车

```
5 — — — | 5 — — 0 | 3 66 1 | 132 32 3 | 376 66 1 — |

16 0 61 0 | 61 3 — — | 2 — — — | 34 32 27 | 66 1 — — |

61 65 32 3 | 35 5 35 5 | 31 32 5 7 | 6 — — — |

61 1 57 6 | 76 71 5 7 | 6 — — — | (唉)

22 232 1712 7676 | 31 57 66 23 | 2 2 1 — | 1 — · — ‖
```

3. 海子唢呐

C 2/4

```
‖: 66 63 | 2 — | 66 63 | 2 2 | 211 27 | 27 66 | 6 3 |

5 — | 5 — | 5 — :‖
```

118

（二）历史号子

这是一部分十分珍贵的号子类别。有许多历史号子隐藏在一些古籍和民间文学、民俗学者的口述记录之中，它们生动、逼真，有很重要的历史价值和文化价值。

1. 赶海谣

C 2/4

5·6 | 1 2 | 3·5 2 — | 2 — | 3·5 1 6 | 2 — | 2 — | 2 0 |

33 32 | 1 2 | 3 — | 3 — | 3 0 | 33 32 | 11 6 | 22 6 1 | 77 | 6 — |

6 — ‖

2. 渡东海

东海山林号子，又名扯篷帆。

东海山林号子，悠绕，抒情，奔放

C 4/4

5 66 — — | 66 — — — | 1 66 1 66 | 6532 6532 2 — |
葛嘿哟

2 — | 3 — 1 — | 1121 — 211 211 | 2321 2 — | 2 — — — |

5 — — 6 | 6 — — — ‖

3. 英雄调——巴图鲁吉勒号子

英雄调——巴图鲁吉勒号子，又称喊号子。

嘿，哟——哟——哟——

哎嗨哟——哟——哟——

嗨嗨哟——哟——哟——

哟——哟——哟——

嘿，嘿哎，嘿哟——哟——哟——

嘿嘿哎嗨哟哟——哟——哟——

哎嗨，嘿嘿哟——哟——哟——

哟——哟——哟——

哟——哟——哟——

嘿——哟——

嘿——哟——

嘿——哟——

4. 赶海谣

大杨树硬轱轳凿出的船，

亮花花软布连成的帆。

长鬃快马大轮车，

活死拉把船驮进大海湾。

鹿角号呜呜叫呀，

鹿皮鼓咚咚响呀，

赶海祭歌声震天。

白鬓额娘，沙里甘，

刚冒话的孩儿抱怀间。

玛发们送行语缠绵：

"南海路，浪万千，

鲸鱼嘴，鬼门山。"

勤要瞪圆豹子眼，

两手扯牢小篷帆。

叉海参，抓盆蟹，

拧海菜，网虾鳗。

到秋红叶别贪恋，

顺顺安安早回还。

这首号子口述者是穆郎氏。采录者是铁常山、富育光，1983 年 3 月采录于哈达门乡。

这首号子长期在吉林省珲春满族中流传。它记载了早年清代到沿海的苏城沟、海参崴一带跑南海时的渔猎生活。词意生动，曲调优美，为世代传诵。1860 年后，沿海一带虽划入俄国版图，但民歌民谣仍流传不衰。这首号子歌谣原系用满语咏唱，充满浓厚的赶海生活气息和民俗学价值。

5. 南海号子最中听

拧海菜，叉海参，

南海号子最中听。

声声发自哈哈们的口，

句句印入格格们的心。

东南风呀，扯满帆，

出海快船一溜烟。

桨划齐，舵拿稳，

膀靠膀，肩靠肩，

哪怕凶浪顶天罩，

赶海哈哈抖精神。

珲春小米香喷喷，

千里美名传苏城。

鱼皮鞑子亲兄弟，

换回鱼盐大海参。

这首号子口述者是郎景义，采录者是富育光，1984 年 7 月 19 日采录于哈达门乡。

6. 跑南海

东南风来，哎嗨，

西北浪来，哎嗨，

出南海呀，哎嗨，

过山岗啊，哎嗨。

红白净子来，哎嗨，

豹子眼来，哎嗨，

白汗褟儿呀，哎嗨，

大布衫啊，哎嗨。

扯起篷来，哎嗨，

抡起桨来，哎嗨，

肩靠肩呀，哎嗨，

膀靠膀呀，哎嗨。

获丰收来，哎嗨，

祭祖天来，哎嗨，

吉祥如意，哎嗨，

太平年啊，哎嗨。

东道走来，哎嗨，

西道往来，哎嗨，

海参崴呀，哎嗨，

撒大网啊，哎嗨。

打好鱼来，哎嗨，

大马哈来，哎嗨

叉海参呀，哎嗨，

拧海带啊，哎嗨。

鹦嘴靰鞡，哎嗨，

脚上拴来，哎嗨，

翻山越岭，哎嗨，

把家还啊，哎嗨。

这首号子口述者是穆朗氏、郎景义，采录者是石光伟，1980 年采录于土门岗。

这是一首古老的满族渔猎民歌，1860 年以后仍然流传于图们江口至海参崴沿海一带。

（三）人物号子

1. 巴图鲁吉勒号子

巴图鲁号子一出口哟，

东海人往昔的岁月蹉跎勾上了心头。

大荒片子绿海茫茫没人烟哟，

赶海的尼亚勒玛（人）哪，

你可要找那藤蒿榛莽里的古道印辙；

窝集排子碧浪涛涛遮云日哟，

你可要照准老先人留下的凿灼"毛格"（照头）。

大桦子笼火的"穿地龙"土坯马架子哟，

活像漂在绿海中热气腾腾的巨舟。

听乌勒本的尼亚勒玛哪，

我说书人朱伯亚西哟，是赶海的摇桨人哪。

像早年坐上槽子船，随我去拜谒爷爷的"奥木拖克索"（海屯，海寨）。

记忆是和煦的海风啊，

鼓乐是锅霍特的螺号。

扯满岁月的航帆哪，

划哟，划哟，

嘿哟，嘿哟，划哟，

布鲁昆神鸟为我引路啊，

捷如电掣，

骇浪难遇。

我们重又回到了东海远祖桦皮巢楼，

男嫁女家那婚车羽舍。

一个个东海儿女哟，

冬涂鱼油，身着貂裘珠珞，

夏体赤裸，腰围草条遮羞。

手弹絷琴，夜伴篝火唱情歌。

萨满奶奶敲击着熊皮老鼓，

血族仇杀，传诵着悲怨和狂乐。

遥远遥远的过去呵，

东海的沉浮，

东海的拼搏……

2. 雅鲁顺（说部开篇引唱垫话）

格灵妈妈玛发（各位奶奶爷爷）

格灵阿古阿沙（各位阿哥阿嫂）

哈哈济，

沙里甘居（小小子儿，姑娘们）

按辈分挤坐热炕上吧，

别嚷也别闹

让圣洁的西上屋鸦雀无声

哈拉器打起了，

口弦琴弹起来了

安心叫我朱伯西（说书人）唱讲乌勒本。

迎神年期香点燃啦

迎神的哈拉器、神歌从神匣请出来啦

供桌上方盘里肥鱼山果献上啦

铜铸的大环哈勒玛刀

穆昆玛发双手授予了我——这是"乌勒本"开唱的古老礼节。

我跪叩，

手捧神刀，

哗楞楞，

哗楞楞，

天降神兵来护场

众族亲要洗身躬听

祖先神灵降临祖堂，

同儿孙欢乐共享

神圣的时刻，

庄严的嘱托。

祖先神灵给我们意志，

祖先神灵给我们鼓号，

我代表祖先的音容，

我代表祖先的步履，

追溯数百年前的沧桑。

用我甘美的咽喉

用我才艺的情态，

神祖赐予金口银齿，

口若清泉源远流长。

满室年期香馨芳

窗外是明月星光

我为阆族讲唱

东海——

魑魅魍魉，

圣哲贤将。

落花生根，

拓土开疆。

先人伟业，

永志勿忘。

我心潮澎湃，

器宇轩昂。

愿我的激情，

不会令你困倦。

化生拼争火花，

永不知气馁的希望。

守成不足傲，

建树当自强

东海明朝，

世代辉煌。

（四）串坡号子

长白山森林号子主要包括《串坡号子》《归楞号子》《上跳号子》《拽大绳》等。

《串坡号子》主要是在山场子上（伐点）把伐倒的大树归到爬犁道上时唱的号子。唱这类号子是在深山老林的雪原里进行。

山野孤寂无人，处处是山涧和陡坡。《串坡号子》充满了提醒性，指挥众人注意脚下的树根山石，以免绊倒伤人或滑坡。是一种完全劳动性的形式特点。

1. 哈腰挂

1=♯C

♩=60

领、和 (numbered musical notation / 简谱)

领：哈腰挂来

合：嗨——

领：哎哎嘿——

合：嗨——

领：哈腰就挂上了

合：嗨——

领：哎嗨哟吼——哎嗨

合：嗨——嗯哈嗯哈——嗨

领：往前走吧

合：嗯哈嗯哈——嗨

领：哎——嗨

合：嗯哈嗯哈——嗨

领：哎嗨哟吼

合：嗯哈嗯哈——嗨

领：往前走来吧

合：嗯哈嗯哈——嗨

领：哎嗨——哎嗨

合：嗨嗨——嗨——嗨嗨

领：上来啦——哎嗨

合：嗨——哎嗨

2. 哈腰挂

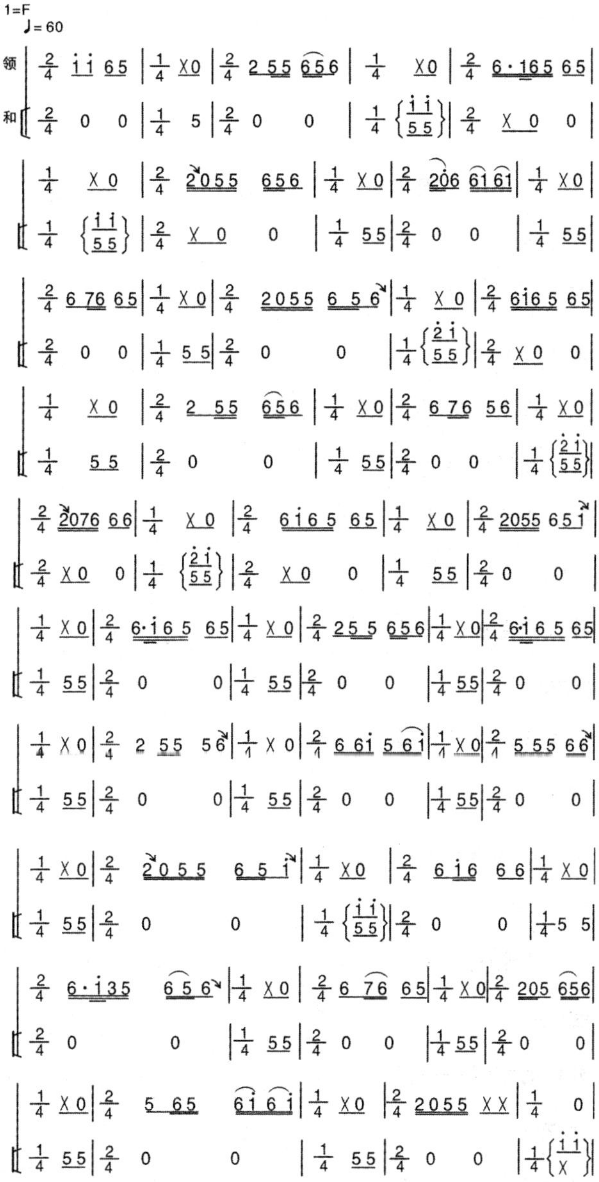

领：哈腰挂吧——嘿

合：嘿——

领：嘿（那个）哈腰——嘿

合：嘿嘿——

领：哈了个（的）腰来

合：嘿——

领：嘿——

合：嘿嘿——

领：哈（那个）腰吧——嘿——

合：嘿——嘿嘿——

领：往前走哇——嘿——

合：嘿嘿——

领：外呀的走哇——嘿——

合：嘿嘿——

领：往前地走（的）着——嘿——

合：嘿嘿——

领：走了过（的）来了——嘿——

合：嘿嘿——

领：哎我个来嘿——嘿——

合：嘿嘿——

领：外呀的嘿嘿——嘿——

合：嘿嘿——

领：哎呀的走哇——嘿——

合：嘿——嘿嘿——

领：走了过（的）来的——嘿——

合：嘿——嘿嘿——

领：哎呀的这一回

合：嘿嘿——

领：这个一（的）回呀——嘿——

合：嘿嘿——

领：管他（的）那一回——嘿——

合：嘿嘿——

领：那（了）一（的）回吧——嘿——

合：嘿嘿——

领：管他（的）那一回——嘿——

合：嘿嘿——

领：累得个够呛——嘿——

合：嘿嘿——

领：啊那个压的呀——嘿——

合：嘿嘿——

领：哎（那个）走啰——嘿——

合：嘿嘿——

领：哎（那个）推着走——嘿——

合：嘿嘿——

领：啊（那个）推推——嘿——

合：嘿嘿——

领：推了过的走着——嘿——

合：嘿嘿——

领：啊那来吧——嘿——

合：嘿嘿——

领：往前来了——嘿——

合：嘿嘿——

领：嘿（那个）来呀——嘿——

合：嘿嘿——

领：来（那个）哈腰

合：哈腰嘿——

这首号子是临江林业局工人演唱，采录者是徐国清，记录者是张淑霞。

3. 哈腰挂

1=F
♩=60

领 | $\frac{2}{4}$ 5 $\dot{2}\cdot\dot{1}$ | 65 0 | $\dot{1}$ $\dot{6}$ | 0 $\dot{2}\dot{1}$ | $\dot{1}\dot{1}$ 0 |

和 | $\frac{2}{4}$ 0 0 | 0 5 | 5 5 5 0 | $\dot{1}\dot{1}$ 65 5 0 | 5 5 5 |

$\underline{3}$ ╳╳ ╳╳ | 0 0 | 66 55 | 0 0 | $\dot{1}$ $\dot{6}$ | 0 0 |

65 0 | 6 55 65 | 0 0 | 5 5 5 5 3 6 | 0 0 | $\dot{2}\dot{1}$ 5 0 |

$\dot{2}\cdot\dot{1}$ $\dot{1}\dot{1}$ | 0 0 | $\dot{1}$ $\dot{1}$ $\dot{6}$ | 0 0 | 6 6 5 5 |

0 | 0 | 5 5 5 6 6 | 0 0 | 6 5 6 65 | 0 0 |

0 | 0 | $\dot{1}$ $\dot{6}$ | 0 0 | $\dot{1}$ $\dot{2}\dot{1}$ | 0 0 | 66 5 5 |

5 35 | 6561 | 0 0 | $\dot{2}$ $\dot{1}\dot{1}$ 66 | 0 0 | 6 56 6 35 | 0 0 |

0 | 0 | $\dot{1}$ $\dot{6}$ | 0 0 | $\dot{1}$ $\dot{2}\dot{1}$ | 0 0 | $\dot{1}$ $\dot{2}\dot{1}$ |

5 35 | 6 56 | 0 0 | 66 56 | 0 0 | 6 66 63 | 0 0 |

0 | 0 | 6 5 5 | 0 0 | $\dot{1}$ $\dot{2}\dot{1}$ | 0 0 |

5 5 5 66 | 0 0 | 2 5 56 | 0 0 | $\dot{1}$ 65 56 |

领：哈腰（的）嘿来

合：哈腰（大家）

领：噢——嘿——

合：哈腰（家的）挂

135

领：嘿——挂上

合：好了个嘿嘿

领：起（了个）来吧

合：噢（的个）嘿儿

领：往前走哇——

合：走（了个）前走，

领：呃嘿——

合：走吧哈——

领：嘿——加劲儿——

合：噢（呀个）嘿嘿

领：噢（得人儿）

合：嘿（啦个）得了

领：往前走哇

合：走（了个）前走

领：哎嘿——

合：嘿（了个）哈哈——

领：嘿——走吧——

合：嘿（了的）哈哈——

领：往前走哇——

合：走（了个）走着

领：哎嘿——

合：走吧好啦——

领：哈后边儿——

合：哈（哟的）走吧——

领：哈——大劲儿——

合：哈（那个）推着——

领：啊——走啊——

合：往前前走——

领：啊——哈腰——

合：走了个好！

这首号子是临江林业局工人演唱，采录者是徐国清。

4. 哈腰挂

1=F
♩=70

138

领：哎哟挂吧——

合：嘿——

领：嘿（那个）哈腰——嘿——

合：哈腰——嘿——嘿——

领：哈（啦个）腰来——嘿——

合：起（了）来嘿——嘿——

领：往前（的）走哇——嘿——

合：嘿哈——嘿——嘿——

领：往前（的）走着——嘿——

合：哈呀——嘿嘿——

领：嘿哟的前走——嘿——

合：嘿——嘿——

领：嘿哟的嘿来——嘿——

合：啊呀——嘿——嘿——

领：嘿哟的起吧——嘿——

合：起（了个）来哟——嘿——

领：起来了哇——嘿——

合：嘿——嘿——

领：往南（的）走哇——嘿——

合：啊嘿——呀哈——嘿呀——

领：往前（的）走着——嘿——

合：前走——前走吧——嘿呀——

领：走（的个）走吧——嘿——

合：啊呀——哈——嘿呀——

领：往前（的）来了——嘿——

合：嘿哟——嘿哟——

领：来过（的）来吧——嘿——

合：啊呀——来吧——嘿哟——

领：嘿（那个）前来——嘿——

合：哈呀——哈——

领：前（一的）来了——嘿——

合：啊呀——嘿嘿——嘿——

领：嘿哟的大劲儿——嘿——

合：嘿——，嘿——

领：哼一个大件儿——嘿——

合：哈呀——嘿——嘿——

领：放了个好！

合：啊呀——嘿——

这首号子是通化矿务局大湖煤矿服务公司工人演唱，采录者是徐国清，记录者是张淑霞。

5. 哈腰挂

领：哈腰挂吧——嘿——

合：嘿呀，嘿呀

领：嘿（那个）哈腰——嘿——

合：起了——来吧——嘿呀——

领：起（了）来啦——嘿——

合：啊呀，嘿呀

领：啊（那个）后边儿——嘿——

合：嘿嘿——嘿呀——嘿呀——

领：后边的得劲儿——嘿——

合：嘿呀哈——嘿呀——

领：得劲的得着——嘿——

合：嘿哟——哈哈——嘿呀——

领：嘿嘿地往前走——嘿——

合：哈呀——嘿呀——

领：往前（的）走哇——嘿——

合：哈呀——嘿嘿嘿呀——

领：走了过的走吧——嘿——

合：哈呀——嘿呀——

领：嘿哟的得了——嘿——

合：哈呀——嘿——

领：嘿呀的嘿嘿——嘿——

合：嘿——

领：嘿呀的嘿吧，嘿

合：啊呀——哈，嘿——哈

领：你们（的）两个——嘿——

合：哈呀——哈呀——

领：千万（个）千万——嘿——

合：嘿——嘿——

领：嘿呀的住啦——嘿！

合：啊呀——嘿。

这首号子是通化矿务局大湖煤矿服务公司工人演唱，采录者是徐国清，记录者是张淑霞。

6. 哈腰挂

领：哈腰挂吧，噢——嘿——

合：噢——嘿——嘿——

领：哎呀个挺腰，

合：啊——噢嘿

领：哎呀个起来，

合：啊——嘿嘿——

领：啊呀个吊钩了

合：啊——嘿——

领：哼呀两个拉索儿

合：噢——嘿——

领：啊就呆格咧

合：噢——嘿——

领：噢——嘿嘿，噢——嘿

合：噢——嘿——噢——嘿——

领：啊喽哟个慢点吧

合：噢——嘿——

领：啊就呆格咧

合：噢——嘿——

领：老哥（里）八个（啦）

合：噢——嘿——

领：啊就个前拉后拥，噢——嘿，噢——嘿嘿

合：噢——嘿——

领：手啊就放在那里，噢嘿嘿

合：噢——嘿——

领：老哥（的）八个（吧）

合：噢——嘿——

领：走这个脚步，噢嘿嘿

合：噢——嘿——

领：前后的看点吧

合：噢——嘿——

领：哎哟前后猫腰

合：噢——嘿——嘿！

这首号子是通化矿务局大湖煤矿服务公司工人演唱，采录者是徐国清，记录者是张淑霞。

7. 哈腰挂

领：哈腰挂来，

合：嗨——

领：嗬嗬哩——嗬嗬——

合：嗨——嗨嗨——嗨——

领：哎哟嗬哪

合：嗨——

领：往前走哇，

合：嗨——

领：嗬嗬哩

合：嗨——

领：哈哈——

合：嗨——

领：咱们老哥几个那，

合：嗨——

领：前走吧——

合：往前——嗨哟哈哩

领：嗬喽哩，

合：嗨——

领：嗬嗨嗨——

合：嗨——

领：哈哈——

合：嗨——

领：哎哟嗬呢个

合：嗨——

领：往前走吧

合：嗨——

领：嗬嗬哩

合：嗨——

领：哈哈——

合：嗨——

领：哎——哈腰。

合：哎嗨——

这首号子是吉林市搬运公司曹凤来等演唱，采录者是罗林、陈银河，记录者是王娜。

8. 哈腰挂

领：哈腰挂来

合：嘿——

领：哎嘿

合：嘿——

领：嘿嘿喽哇

合：嘿——

领：哎哟来挂上

合：嘿——

领：哎嘿——

合：嘿——

领：哎这个哟

合：嘿——

领：老哥几个

合：嘿——

领：往前走哇

合：嘿——

领：哎哎嘿

合：嘿——

领：哎哎嘿

合：嘿——

领：哎往前走吧

合：嘿——

领：往前走吧

合：嘿——

领：哎呀嘿

合：嘿——

领：哎嘿

合：嘿——

领：都哈腰呗

合：嘿——

这首号子是舒兰矿务局运木场工人邹盛思、罗林唱的，采录者是陈银河，记录者是王娜。

9. 哈腰挂

领：哈腰挂啦——哎哟——嘿，

合：嘿——嘿——

领：哎哟挂上了嘿，给我起来

合：嘿——起来——

领：直起嘿哟走哇，

合：嘿——走——

领：往前走吧，嘿走走（的）嘿

合：嘿呀嘿——嘿哟——

领：加劲嘿，加劲

合：嘿——嘿——

领：前拉后推，前走哇

合：嘿——嘿哟——

领：加劲嘿，加劲嘿

合：嘿——嘿——

领：哥几个啦嘿，前走走嘿

合：嘿——嘿——

领：朝前走吧嘿，加劲嘿

合：嘿——嘿——

领：歇歇嘿

合：嘿——嘿——

领：嘿嘿，哈腰吧嘿

合：哟哩哩嗒，哎嗒嗒。

这首号子是吉林市造纸厂原料科工人演唱，记录者是臧立、孙朵平。

10. 哈腰挂

领：哎外外——来一个个——来——哟——

合：嗨——嗨哟——嗨哟

领：外——下缩个——腰——

合：嗨哟——嗨哟——

领：摘了个钩哇——

合：嗨——哟——

这首号子是吉林市造纸厂原料科工人演唱，记录者是孙朵平。

11. 挺起腰

领：哈腰挂来——吼嗨——嘿嗨——

合：嗨——嗨——嗨——

领：挺起腰来——往前走吧——哎——嗨嗨——

合1：嗨——嗨——哈哈——哈嗨

合2：嗨——嗯唧啦嗯嗨

领：吼——嗨——哎——上来吧。

合1：哈哈——哈——嗨——哈哈——哈——嗨

合2：嗯唧啦嗯——嗨——嗯唧啦嗯——嗨

12. 前后猫腰号

1=[#]C

♩ = 60~104

领：哈腰挂来

合：哎嗨!

领：哎嘿嘿嘿啦

合：哎嗨!

领：大家就准备好

合：哎嗨!

领：前后就猫啦腰

合：哎嗨！

领：掌（啊）起来腰（啊）来

合：哎嗨！

领：前后就注（啦）意

合：哎嗨！

领：哎嘿啦嘿啦

合：哎嗨！

领：往前（啦）走（啦）去

合：哎嗨！

领：哎嘿嘿嘿

合：哎嗨！

领：哎上来

合：哎嘿！

领：哎嘿嘿嘿

合：哎嘿！

领：哎好（啦么）好

合：嘿！

这首号子是柳毛河林场工人集体唱的，记录者是王冠群。

13. 往前走吧号

1=♭E

♩=72

♩=96

领：哈腰挂来——

合：哎嗨！

领：哎——嗨——

合：嗨！

领：哈——挺起腰来——

合：嗨！

领：哈——往前（来）走吧——

合：嗨！

领：哈——哎嗨——

合：嗨！

领：哈——嗯——哎嗨

合：嗨！

领：哈——这就弟兄们啦

合：嗨！

领：哈——向前（啦）走吧

合：嗨！

领：哈——哟吼——

合：嗨！

领：哈——哎嗯哈哈

合：嗨！

领：哈——这就上来了啦

合：嗨！

领：哎嗨嗨嗨

合：嗨！

这首号子是柳河贮木场工人集体演唱，记录者是王冠群。

14. 哈腰挂

领：哎，哈腰地挂钩。

合：咳！

领：抬起来吧。

合；咳！

领：慢慢地走呀。

合：咳！

领：吆好哈咳呀。

合：咳！

领：注点意呀！

合：咳！

领：走起来吧！

合：咳！

领：快点走呀！

合：咳！

领：前边的拐拐，

合：咳！

领：后边的甩甩。

合：咳！

领：注点意呀，

合：咳！

领：上跳板哪，

合：咳！

领：牢稳那脚步，

合：咳！

领：挺直那腰板，

合：咳！

154

领：往前走哇，

合：咳！

领：注点意呀，

合：咳！

领：往下撂吧，

合：嘿！

这首号子口述者是刘把头，采录者是孙晨旭。1976 年 6 月采录于抚松县兴参农场。

15. 哈腰挂（原名抬木号子）

哈腰挂呀么，嘿！

挺腰起啦么，嘿！

哟，嘿嘿，嘿！

往前走啦么，嘿！

吼，嘿嘿，嘿！

走要稳啦么，嘿！

步要齐啦么，嘿！

哎，嘿嘿，嘿！

嗯，嘿嘿，嘿！

有个大姑娘啦么，嘿！

走过来啦么，嘿！

真他妈漂亮啊，嘿！

你可不能看啦么，嘿！

哟，嘿嘿嘿！

哎，嘿嘿嘿！

嗯，嘿嘿嘿！

你要扭头看啦么，嘿！

非出差啦么，嘿！

哟，嘿嘿嘿！

哎，嘿嘿嘿！

嗯，嘿嘿嘿！

到了地方么，嘿！

哎，嘿嘿嘿！

站稳脚啦么，嘿！

放下来呀么，嘿！

哎——嘿嘿嘿！

这首号子口述者是刘张氏，采录者是刘仲元。1985 年采录于三岔子大阳岔。

此类劳动歌谣，一般都是见景生情，见什么唱什么。没词唱时，也互相骂着玩。以上这首是收集者目睹并采录的一个情景。

16. 搭肩歌

一个的端哪，

咳哟的咳哟！

尽管钻哪,

咳哟的咳呀!

再来个端哪,

咳哟的咳哟!

猛劲儿端哪,

咳哟的咳哟!

你快点钻吧,

咳哟的咳呀!

这首号子口述者是关张氏,采录者是关铭文。1984 年 4 月采录于白山三岔子。

这是木把们抬木头时为了步伐整齐、使匀力气时唱的歌谣,与《木把号子》形式相同。

17. 松口气（原名木把号子）

哈腰起呀,

咳——

步要齐呀,

咳——

慢慢走呀,

咳——

别着急呀,

咳——

一步两步，

咳——

连环步呀，

咳——

三步四步，

咳——

躲点泥呀，

咳——

五步六步，

咳——

梅花瓣呀，

咳——

七步八步，

咳——

腰挺直呀，

咳——

九步十步，

咳——

正来劲呀，

咳——

前边来个，

咳——

戴花的呀，

咳——

大眼睛呀，

咳——

柳叶眉呀，

咳——

樱桃小嘴，

咳——

笑嘻嘻呀，

咳——

俩酒窝呀，

咳——

一边大呀，

咳——

可惜大姐，

咳——

是人家的，

咳——

猫咬尿脬，

咳——

空欢喜呀，

咳——

前边拐拐，

咳——

后边甩甩，

咳——

到一站呀，

咳——

松口气呀，

咳——

哎咳咳咳，

哎咳咳咳。

这首号子口述者是赵友志，采录者是梁之。1984 年 5 月采录于抚松县两江口。

18. 胆子大（原名归山楞）

领：哈腰就挂呗

合：嘿，嘿——嘿——嘿

领：掌腰个起来

合：嘿，嘿——嘿——嘿

领：扳住小辫子

合：嘿，嘿——嘿——嘿

领：脚下要留神哪

合：嘿，嘿——嘿——嘿

领：躲树棵子那么

合：嘿，嘿——嘿——嘿

领：盯住脚步那么

合：嘿，嘿——嘿——嘿

领：小心树杈那么

合：嘿，嘿——嘿——嘿

领：上甘岭啊

合：嘿，嘿——嘿——嘿

领：后猫腰啊

合：嘿，嘿——嘿——嘿

领：头杠上一步

合：嘿，嘿——嘿——嘿

领：二杠跟上去

合：嘿，嘿——嘿——嘿

领：后送劲儿那么

合：嘿，嘿——嘿——嘿

领：下山岗来嘛

合：嘿，嘿——嘿——嘿

领：大肩儿甩尾

合：嘿，嘿——嘿——嘿

领：前边儿站稳

合：嘿，嘿——嘿——嘿

领：甩尾就掉正

合：嘿，嘿——嘿——嘿

领：哈腰就撅下

合：嘿，嘿——嘿——嘿

19. 乐呵号子（自豪歌）

十四个人哪，嘿，嘿——嘿——嘿

仨楞场那么，嘿，嘿——嘿——嘿

分两伙呀哈，嘿，嘿——嘿——嘿

六和八呀，嘿，嘿——嘿——嘿

六个的硬啊，嘿，嘿——嘿——嘿

硬杂木啊，嘿，嘿——嘿——嘿

八个的大呀，嘿，嘿——嘿——嘿

尽大个来吗，嘿，嘿——嘿——嘿

海个儿的靠啊，嘿，嘿——嘿——嘿

匀溜个的上啊，嘿，嘿——嘿——嘿

加油干那么，嘿，嘿——嘿——嘿

干完了那么，嘿，嘿——嘿——嘿

再合一呀吗，嘿，嘿——嘿——嘿

弟兄们哪，嘿，嘿——嘿——嘿

多辛苦那么，嘿，嘿——嘿——嘿

多流汗那么，嘿，嘿——嘿——嘿

使劲儿干那么，嘿，嘿——嘿——嘿

20. 乐呵号子（贩斥人）

我是黑煞神哪，嘿，嘿——嘿——嘿

喊起个号子，嘿，嘿——嘿——嘿

不开面儿那么，嘿，嘿——嘿——嘿

前把门儿呀，嘿，嘿——嘿——嘿

往后来点儿嘛，嘿，嘿——嘿——嘿

咋不来呀，嘿，嘿——嘿——嘿

有雷管吗，嘿，嘿——嘿——嘿

怕崩着哇，嘿，嘿——嘿——嘿

眼镜同志呀，嘿，嘿——嘿——嘿

听没听见哪，嘿，嘿——嘿——嘿

（五）归楞号子

1. 归楞号子

1=F

前后就挂好钩啦，

——嘿呀！

前后钩就咣当咣当，

——嘿呀！

站稳了脚跟，

——嘿呀！

撑腰起呀，

——嘿呀！

挺直了腰板儿，

——嘿呀！

抠紧了杠子头儿，

——嘿呀！

看准了脚步，

——嘿呀！

留神脚下，

——嘿呀！

往前走哇，

——嘿呀！

稳稳当当，

——嘿呀！

人心齐呀，

——嘿呀！

泰山移呀，

——嘿呀！

加把劲儿啦，

——嘿呀！

憋口气儿啦，

——嘿呀!

前后看准,

嘿呀,撂!

这首号子口述者是齐德才,采录者是傅明忠。1984 年 6 月 15 日采录于公主岭。

2. 挖杠号

1=C

♩ = 48

领 | 4/4 6·55·3 2123 5 | 3/4 0 0 0 | 4/4 3 35 1̂65 2123 5 |

和 | 4/4 0 0 0 | 3/4 3·2 1̂6 2123 | 4/4 5↗ 0 0 0 |

| 3/4 0 0 0 | 4/4 1·6 5·3 2123 5 | 3/4 0 0 0 |

| 3/4 1·6 5 61 2123 | 4/4 5↗ 0 0 0 | 3/4 1·2 1̂65 2123 |

| 4/4 3 35 1̂65 2123 5 | 3/4 0 0 0 | 4/4 3 35 1̂65 2123 5 |

| 4/4 5↗ 0 0 0 | 3/4 1·6 56↗2123 | 4/4 5↗ 0 0 0 |

| 3/4 0 0 0 | 4/4 1·6 53 2123 5 | 3/4 0 0 0 |

| 3/4 3·2 1̂6 2123 | 4/4 5↗ 0 0 0 | 3/4 3·2 123 2165 |

| 4/4 3 35 1̂ 65 3 2123 5 | 3/4 0 0 0 |

| 4/4 5 0 0 | 3/4 1̂6 5 61 6 65 |

| 4/4 3 35 1̂ 65 2123 5 | 0 0 0 ‖

| 4/4 5↗ 0 0 0 | 3·2 1̂ 23 2165↗ ‖

165

领：嘿咿哟吼大家准备好

合：哎嘿哟吼准备好

领：注意那安全别叫它碰着

合：哎嘿哟吼别叫它碰着

领：嘿咿哟吼大家搬个吊

合：哎嘿哟吼大家搬个吊

领：挖杠搬吊刨钩捅着

合：哎咿哟吼刨钩捅着

领：小头等着大头上一号

合：哎嗨哟吼上一号

领：嘿嘿哟还得搬个吊

合：哎嗨哟吼搬个吊

领：小心啊慢着那上这个大土壕

合：哎嘿哟吼哎嘿哟

领：再来一号它就下去了

合：哎嘿哟吼哎嘿哟

这首号子是柳毛河林场工人集体唱的，记录者是王冠群。

挖杠号是在装车时唱的号子，有时为了干活紧，领号从接号的第二拍或第三拍接号。也称归楞号子。

3. 蘑菇头号

领：噢咿！

166

合：噢咿！

领：挺腰啊！

合：噢咿！

领：前走啊！

合：哈呀个哈呀个嘿呀，哈呀个哈呀个嘿呀，哈呀个哈呀个嘿呀！

领：里口啊！

合：哈呀个哈呀个嘿呀！

领：哈腰吧！

合：嘿！

4. 木工号子

咳哟号——　　哈腰挂了么

咳哟，　　挺起腰了么

哎咳，　　迈齐步了么

咳哟，　　劲使匀哪

咳哟，　　往前走哇

咳哟，　　看到红娘

咳哟，　　心要纯哪

咳哟，　　情要稳哪

咳哟，　　神保平安

咳哟，　　诸位哥们

咳哟，　　跳上走哇

咳哟，　　脚放准哪

咳哟,　　　上了楞啊

咳哟,　　　站住脚哇

咳哟,　　　好!放!

这首号子是木帮归楞的劳动号子。唱词中的"红娘"是触景生情,凡见女性都如此称呼。讲述者是王江,采录者是刘贤。

5. 往前走木头歌

我说梁山帮啊,

嘿哟嘿呀

三十多号人哪,

嘿哟嘿呀

拔不出硬实肩呀,

嘿哟嘿呀

就数着蓝毛行啊,

嘿哟嘿呀

差点儿就啃掐钩啊,

嘿哟嘿呀

还有那大力神哪,

嘿哟嘿呀

快拿压脚蹬啊,

嘿哟嘿呀

前边的刨钩走啊,

嘿哟嘿呀

后边打使劲儿蹬啊，

嘿哟嘿呀

大家齐用力呀，

嘿哟嘿呀

再来个铆消消啊，

嘿哟嘿呀

一下子就顶到根呀，

嘿哟嘿呀

（六）拽大绳号子

1. 拉大绳

1=F

♩=48

领：噢咿！噢吼起来吧，

合：嗯啊来吧！

领：噢咿过了来吧，

合：唉嗯啊来吧！

领：噢咿上个那头吧，

合：噢咿啊来吧！

领：噢咿到了地方喽，

合：嗯咿来吧！

这首号子是浑江市三岔子贮木场徐玉才演唱的，记录者是王冠群。

2. 拽大绳号子

领：$\dfrac{2}{4}$ 3 2̲2̲ | ³4 2̲1̲ 1 | 0 0 | 0 0 | 3 2̲2̲ | 2̲1̲ 1̲6̲ |

和：$\dfrac{2}{4}$ 0 0 | 0 0 | 2 3̲6̲ | 3̲2̲ 1 | 0 0 | 0 0 |

0 0 | 0 0 | 3 2̲2̲ | 2̲1̲ 1̲6̲ | 0 0 | 0 0 |

2 3̲6̲ | 3̲2̲ 1 | 0 0 | 0 0 | 2 3̲6̲ | 3̲2̲ 1 |

3 2̲2̲ | 2̲1̲ 1̲6̲ | 0 0 | 0 0 | 3 2̲2̲ | ³4 2̲1̲ 1̲6̲ |

0 0 | 0 0 | 2 3̲6̲ | 3̲2̲ 1 | 0 6̲ | 0 0 |

0 0 | 0 0 | 3 2̲2̲ | 2̲1̲ 1̲6̲ | 0 0 | 0 0 |

2 3̲6̲ | 3̲2̲ 1 | 0 0 | 0 0 | 2 3̲6̲ | 3̲2̲ 1 ‖

领：噢起来拽吧

合：哼嗨来哟

领：哎抓着你那头

合：哼嗨来哟

领：哎哥几个拽吧

170

合：哼嗨来哟

领：合起来拽呀

合：哼嗨来哟

领：哥几个拽呀

合：哼嗨来哟

领：哎上上你那头

合：哼嗨来哟

这首号子是吉林市搬运公司曹凤来等演唱的，采录者是罗林、陈银河，记录者是王娜。

《拽大绳号子》是指把大木材从高高的垛上往下拉或往上拉时喊的号子。拽：读 zhuài。

3. 拽大绳子

哎起来拽吧，

哼嗨来哟！

哎抓着你那头，

哼嗨来哟！

哎哥几个拽吧，

哼嗨来哟！

合起来拽呀，

哼嗨来哟！

哥几个拽呀，

哼嗨来哟!

哎上上你那头,

哼嗨来哟!

这首号子口述者是李凤来,采录者是罗林、福林、陈银河、王娜。1979 年 7 月采录于搬运公司。文中"哼嗨来哟!"为齐唱;其他词为领唱。

4. 拉大绳

领:哎嘿,嘿哎嘿嘿,哥几个都使劲啊,

合:嘿,哟噢,嘿哟,

领:来它一个老吊啊,

合:嘿哟! 嘿哟!

领:一块搬个吊啊,

合:嘿哟! 嘿哟!

领:这就上来了啊,

合:嘿哟! 嘿哟!

这首号子是湾沟曙光林场工人集体演唱,记录者是王冠群。老吊:往高抬的意思。吊:读 diāo。

（七）卸车号子

1. 卸车号子

1 = ♭A

♩ = 60

领：哎——哎哎——

合：嘿嘿

领：一个个拽来吧

合：嘿——

领：好大的家伙

合：嘿——

领：你要使劲拽来

合：嘿——

领：千万可别丢了——哎

合：嘿——

领：千万个拽呀

合：嘿——

领：一个不动弹呀

合：嘿——

领：再来个二号哇

合：嘿——

领：千万个注意了

合：嘿——

领：咱们那个拽来——哎

合：嘿——嘿——

这首号子是邹盛恩演唱的，采录者是罗林、陈银河，记录者是王娜。

2. 卸车号子

哎哎哎，嘿！

一个个拽来吧，

嘿！

好大的家伙，

嘿！

174

你要使劲拽呀，

嘿！

千万个别丢了，

嘿！

哎（嘿）千万个拽呀，

嘿！

一个不动弹呀，

嘿！

再来个二号哇，

嘿！

千万个注意啦，

嘿！

咱们那个拽来，

嘿，哎（嘿）。

这首号子口述者是邹晓思，采录者是罗林、陈银河。1980 年 8 月 26
日采录于矿务局俱乐部。

3. 装火车

哈腰就挂呗，嘿，嘿——嘿——嘿

掌腰就起来嘛，嘿，嘿——嘿——嘿

挺起个腰杆儿，嘿，嘿——嘿——嘿

往前走来嘛，嘿，嘿——嘿——嘿

上山冈啊，嘿，嘿——嘿——嘿

前送劲儿嘛，嘿，嘿——嘿——嘿

盯住步啊，嘿，嘿——嘿——嘿

后猫腰啊，嘿，嘿——嘿——嘿

二杠上啊，嘿，嘿——嘿——嘿

后边儿送劲儿，嘿，嘿——嘿——嘿

都上来了，嘿，嘿——嘿——嘿

稳住步啊，嘿，嘿——嘿——嘿

大肩就边股，嘿，嘿——嘿——嘿

哈腰就撂下，嘿，嘿——嘿——嘿

这是温泉在三岔子收集的抬木歌谣。

4. 端木头号

1 = B

♩ = 70

领：嗨哟把它端哎

合：高高地端哎

176

领：大家一块端哎

合：一块端哎

领：再来下一根哎

合：高高地端哎

领：一块往外扔哎

合：一块扔哎

这首号子是邹盛恩演唱的，采录者是罗林、陈银河，记录者是王娜。

卸车时，大木头用大绳拽，四五米长的木头，四五个人一根，不必用绳拽，由车上往下扔。《端木头号》就是在这种情况下喊的号子。

（八）起重号子

1. 起重拽号子

领：来——拽来

合：嘿哟

领：哈腰那个拽的了外

合：嘿哟

领：这就拽起来了外

合：嘿哟

领：大家伙都接号了外

合：嘿哟

领：接号干有力量了外

合：嘿哟

这首号子是舒兰矿务局运木场工人刘克志演唱的，记录者是王娜。

起重拽号：煤矿工人在井下搬重东西时唱的号子。

2. 重运号

领：哎嘿嘿

合：嘿哟！

领：哎大家都起来呀

合：嘿呀！

领：诸位老哥们儿啊

合：嘿呀！

领：咱们拉起来呀

合：嘿呀！

领：拽拽的拽吧

合：嘿呀！

领：大家辛苦的了喂

合：嘿呀！

这首号子是营城煤矿工人演唱，记录者是赵云程、王冠群。

3. 重运号

领：哎！起！

合：哎嗨嗨

领：哎拽过来了喂

合：哎嗨哎嗨

领：拽起来呀

合：哎嗨哟吼

领：拽把个起来了喂

合：哎嗨哎嗨

领：哎嗨嗨了喂

合：哎嗨哎嗨

领：这就呀下来呀

合：哎嗨哟吼

领：来呀个拽的了喂

合：哎嗨哟吼

领：哎把它拽下来呀

合：哎嗨哟吼！

这首号子是营城煤矿工人唱的，记录者是赵云程、王冠群。

4. 重运号

领：哎哎嗨

合：了喂嗨！

领：哥儿几个来吧

合：了喂

领：拽了那个起来

合：了喂

领：好大个家伙

合：了喂

领：后挺腰啊

合：嘿，了喂

领：挺腰就下来，喂哎

合：了喂，了喂

领：这就下去

合：嘿，了喂

领：不大那个离儿呀

合：了喂

领：打好了眼啊

合：了喂

领：后挺腰啊，下了个来

合：嘿！了喂。

这首号子是营城煤矿工人唱的，记录者是赵云程、王冠群。

不大离儿：接近成功了，快要完成了的意思。

（九）其他类号子

1. 轱辘木头号

1= B

♩=80

领：来个个儿来

合：嘿！

领：一块个抠来

合：嘿！

领：撬（外）个撬来

合：嘿！

领：要搬钩来搬来

合：嘿！

领：压角子抠哇

合：嘿！

领：千万个小心哪

合：嘿！

这首号子是舒兰矿务局木场工人邹盛恩演唱的，采录者是罗林、陈银河，记录者是王娜。

木头大，没法抬，或放的地方不好挂钩，用杠子轱辘时唱的号子。

2. 哥们号子

大小肩，嘿呦

前后杠，嘿呦

搬钩压脚子，嘿呦

都一样啊，嘿呦

这是抬木人老孙头唱的号子。

182

3. 捞木头谣

哈腰就捞哇，嘿，嘿——嘿——嘿

还是个捞哇，嘿，嘿——嘿——嘿

绾小扣啊，嘿，嘿——嘿——嘿

再来个捞哇，嘿，嘿——嘿——嘿

还是捞哇，嘿，嘿——嘿——嘿

跷脚捞哇，嘿，嘿——嘿——嘿

再来一点嘛，嘿，嘿——嘿——嘿

好了个好啊，嘿，嘿——嘿——嘿

4. 吃杂八地

大小肩，前后杠，刨钩压脚哪一样，

谁不服劲儿，来，较量！较量！

旧时，被人看不起的抬木人称"吃杂八地的"，但他们自己不这样看。说明抬木人认为自己有能耐，是真正的汉子。

5. 抬轻木头号子

1 = F

♩ = 46　　　　　　　　　　　　　　　　　　♩ = 96

领：哈腰挂来

合：嘿——

领：哟吼

合：嘿——

领：哟吼

合：嘿——

领：哟吼

合：吼吼嘿吼，嘿

领：哟吼

合：吼吼嘿吼，嘿，嘿

6. 拆垛（木把赶河号子）

领：浪里滚哟！

众：水里跳哟！

领：木垛插得高哟！

众：咱们不怕高呀！

领：用劲拆哟！

众：嘿哟嗬！

领；搬的好哟！

众：嘿哟嗬！

领：刨钩捞哟！

众：嘿嗬！

领：大头拽哟！

众，嘿嗬！

领：上山能捉虎哟！

众：嗨哟嗬嗨哟！

领：水里敢斗蛟哟！

众：嗨哟嗬嗨哟！

领：大山咱推倒哟！

众：唉嗨哟嗬——

领：浪头咱赶跑哟！

众：唉嗨哟嗬——

领：木垛拆开了喽！

众：唉嗨哟嗬嗬——

领：上沿歇息了喽！

众：鸭子水上漂喽——

这首号子口述者是张姜氏，采录者是张平，1984 年采录于十二道沟。

赶河，指木把们把山里的圆木通过沟沟汊汊放到江边，准备穿排流放。这种集中木材法叫赶河，民间叫"放散羊"。

7. 轱辘木头号子

领：轱辘过来的

合：了——

领：还得（那个）轱辘的

合：了——

领：还得轱辘的

合：了——

领：这么大的家伙

合：了——

领：真够呛啦

合：了——

领：老哥儿几个

合：了——

领：这回（那个）辛苦的

合：了——

领：辛苦的呀

合：了——

领：还得（那个）使劲儿

合：了——

领：又提上劲儿哪

合：了——

领：看看这来的

合：了——

领：过来（那个）完成

合：了——

领：完（了）成的

合：了——

领：看看过来的

合：了——

领：摞起了大堆

合：了——

领：轱辘过来了

合：了——

这首号子是营城煤矿工人演唱的，记录者是赵云程、王冠群。

8. 抓小辫儿

领：哈腰干哪

合：嘿哟——嘿哟——嘿哟

领：抓小辫呀

合：嘿哟——嘿哟——嘿哟

领：你真好看哪

合：嘿哟——嘿哟——嘿哟

领：咱别贪恋哪

合：嘿哟——嘿哟——嘿哟

领：迎风站哪

合：嘿哟——嘿哟——嘿哟

领：咱是好汉哪

合：嘿哟——嘿哟——嘿哟

领：谁迈不动步呀

合：嘿哟——嘿哟——嘿哟

领：最操蛋哪

合：嘿哟——嘿哟——嘿哟

（十）号子王的号子

1. 鲁国福的号子

（1）装车

哈腰的挂钩，　　嘿哟嘿哟

老钩的挂住，　　嘿哟嘿哟

撑腰的起吧，　　嘿哟嘿哟

往前地走吧，　　嘿哟嘿哟

站稳脚步，　　嘿哟嘿哟

一步一号，　　嘿哟嘿哟

稳稳当当，　　嘿哟嘿哟

来到跳板头，　　嘿哟嘿哟

瞪起那个眼来，　　嘿哟嘿哟

前拉后拥，　　嘿哟嘿哟

往前地走吧，　　嘿哟嘿哟

来到了车上，　　嘿哟嘿哟

注意那安全，　　嘿哟嘿哟

小肩的边股，　　嘿哟嘿哟

哈腰就撂下，　　嘿哟嘿哟

(2) 归楞

木头打点了，　　嘿哟嘿哟

前头就打点了，　　嘿哟嘿哟

长长的腰哇，　　嘿哟嘿哟

大肩的在前，　　嘿哟嘿哟

小肩的在后，　　嘿哟嘿哟

往上的带呀，　　嘿哟嘿哟

给它冲上，　　嘿哟嘿哟

两边的把住，　　嘿哟嘿哟

哈腰的落下，　　嘿哟嘿哟

(3) 四大白号

（这是正常地走着，大家乐呵时唱的号子）

天上的雪呀，　　嘿哟嘿哟

地上的面哪，　　嘿哟嘿哟

大姑娘奶子，　　嘿哟嘿哟

扒皮的蛋啊，　　嘿哟嘿哟

2. 王守用的号子

(1) 传统号子之一

悠挂吧

哎哟嘿哟

走那个

哎哟嘿哟

好咱们哥几个

哎哟嘿哟

老乡亲的几个

哎哟嘿哟

不起来我就累了

哎哟嘿哟

往前地走吧

哎哟嘿哟

往前地走哇

哎哟嘿哟

撂了我就累了

哎哟嘿哟

悠吧——嘿哟

哎哟嘿哟

好好地撑着

哎哟嘿哟

往前地走着

哎哟嘿哟

放下我就累了

哎哟嘿哟

悠吧——嘿哟

哎哟嘿哟

悠吧——

哎哟嘿哟

（2）传统号子之二

啊呀吧，压着起吧

啊呀吧，往前走吧

啊呀吧，压着起吧

啊呀吧，往前走吧

放了我就累了

嘿哟嘿呀

来，哥儿几个

嘿哟嘿呀

抬，哥儿几个

嘿哟嘿呀

啊歌唱上

嘿哟嘿呀

哈腰的扛上

嘿哟嘿呀

扛上的走吧

嘿哟嘿呀

哈腰就哈着

嘿哟嘿呀

哥几个唱着

嘿哟嘿呀

架上就走吧

嘿哟嘿呀

歌唱上

嘿哟嘿呀

往前哇

嘿哟嘿呀

哈腰的走上

嘿哟嘿呀

(3) 催号子

人人的挂吧

嘿哟嘿哟

往前地走吧

嘿哟嘿哟

走着走着

嘿哟嘿哟

往前走吧

嘿哟嘿哟

走着走着

嘿哟嘿哟

往前走吧

嘿哟嘿哟

走呀走吧

嘿哟嘿哟

往前走吧

嘿哟嘿哟

走呀的走着

嘿哟嘿哟

(4) 大步岔号子之一

人人的挂吧

嘿哟嘿哟

悠悠挂吧

嘿哟嘿哟

抬起这个家伙

嘿哟嘿哟

步渐渐的轻快

嘿哟嘿哟

好一个老乡

嘿哟嘿哟

老乡几个呀

嘿哟嘿哟

哥几个往前

嘿哟嘿哟

走走走哇

嘿哟嘿哟

往前地走哇

嘿哟嘿哟

哎呀的走呀走呀

嘿哟嘿哟

哎呀的走呀走呀

嘿哟嘿哟

哈腰的走吧

嘿哟嘿哟

往前地走吧

嘿哟嘿哟

好哥的几个

嘿哟嘿哟

往前地走吧

嘿哟嘿哟

要上坡啦

嘿哟嘿哟

要拐弯啦

嘿哟嘿哟

好一个沉住气

嘿哟嘿哟

小心的脚下

嘿哟嘿哟

脚下的留情

嘿哟嘿哟

走——爷们——

嘿哟嘿哟

悠一个爷们

嘿哟嘿哟

好兄弟几个

嘿哟嘿哟

都给我走哇

嘿哟嘿哟

(5) 大步岔号子之二

人人的挂吧

嘿哟嘿哟

悠嗨呀

嘿哟嘿哟

悠嗨呀

嘿哟嘿哟

你给我走哇

嘿哟嘿哟

哥们的哥几个

嘿哟嘿哟

往前地走哇

嘿哟嘿哟

给我的走哇

嘿哟嘿哟

悠着哇

嘿哟嘿哟

悠着哇

嘿哟嘿哟

悠着往前走

嘿哟嘿哟

往前地走哇

嘿哟嘿哟

悠一下子

嘿哟嘿哟

再来一下子

嘿哟嘿哟

悠你的

嘿哟嘿哟

好一个往前走

嘿哟嘿哟

老兄弟几个

嘿哟嘿哟

悠嗨吧

嘿哟嘿哟

悠着哇

嘿哟嘿哟

走着哇

嘿哟嘿哟

往前地走吧

嘿哟嘿哟

往前地走走走吧

嘿哟嘿哟

(6) 嘚瑟号子

悠一下

嘿哟嘿哟

抖啦抖

嘿哟嘿哟

抖啦抖哇

嘿哟嘿哟

悠起来抖啦抖

嘿哟嘿哟

抖啦抖啦

嘿哟嘿哟

抖啦抖啦

嘿哟嘿哟

往前地走吧

嘿哟嘿哟

走吧呀

嘿哟嘿哟

嘟噜噜

嘿哟嘿哟

嘟噜噜

嘿哟嘿哟

嘟着走哇

嘿哟嘿哟

嘟噜噜

嘿哟嘿哟

嘟着的走哇

嘿哟嘿哟

咱们哥几个

嘿哟嘿哟

嘟着走哇

嘿哟嘿哟

嘟噜的嘟噜

嘿哟嘿哟

嘟噜的走哇

嘿哟嘿哟

往前地走走走

嘿哟嘿哟

往前地走走走

嘿哟嘿哟

往前地走走走

嘿哟嘿哟

往前地走走走

嘿哟嘿哟

好一个哥几个

嘿哟嘿哟

往前走哇

嘿哟嘿哟

往前地走哇

嘿哟嘿哟

往前地走哇

嘿哟嘿哟

嘟噜的走哇

嘟噜的走哇

嘿哟嘿哟

(7) 三条腿号子

悠挂吧

嘿哟嘿哟

哥们几个

嘿哟嘿哟

往前地走哇

嘿哟嘿哟

走哇走哇

嘿哟嘿哟

往前地走哇

嘿哟嘿哟

往前地走哇

嘿哟嘿哟

往前地走哇

嘿哟嘿哟

往前地走哇

嘿哟嘿哟

好一个哥们

嘿哟嘿哟

往前地走哇

嘿哟嘿哟

好一个一副肩

嘿哟嘿哟

往前地走哇

嘿哟嘿哟

好一个走哇

嘿哟嘿哟

好一个一副肩

嘿哟嘿哟

往前地走哇

嘿哟嘿哟

往前地走哇

嘿哟嘿哟

往前地走哇

嘿哟嘿哟

往前地走哇

嘿哟嘿哟

走哟

嘿哟嘿哟

走哟

嘿哟嘿哟

往前走吧

嘿哟嘿哟

(8) 小木头跑号子

哈腰挂吧

嘿哟嘿哟

往前地走哇

嘿哟嘿哟

走着

嘿哟嘿哟

走着

嘿哟嘿哟

嘿嘿地走着

嘿哟嘿哟

走着走着

嘿哟嘿哟

嘿嘿地走着

嘿哟嘿哟

走着的走的

嘿哟嘿哟

(9) 轱辘木头号子

哎——

嘿哟嘿哟

来吧，哥们——

嘿哟嘿哟

哟——哎

嘿哟嘿哟

围上吧——

嘿哟嘿哟

哟——哎

嘿哟嘿哟

干活的使点劲吧

嘿哟嘿哟

往上的轱辘

嘿哟嘿哟

哎呀——

嘿哟嘿哟

往前的轱辘

嘿哟嘿哟

哎呀——

嘿哟嘿哟

往上的轱辘

嘿哟嘿哟

哎呀——

嘿哟嘿哟

上来啦

嘿哟嘿哟

哎呀——

嘿哟嘿哟

往上的轱辘

嘿哟嘿哟

哎呀——

轱辘，轱辘，轱辘，轱辘

嘿哟嘿哟，嘿哟嘿哟

五、森林号子的价值

这一带老林子里从事伐木工种的工人在抬木、运木时唱的一种歌谣，我们称之为长白山森林号子。

长白山是东北亚地区的最高峰，特别是在吉林省境内东部森林覆盖面积在全省地区的85%以上。从前采伐工人伐下的大树，全靠木帮们抬到爬犁道上由爬犁套运下，再归楞、穿排、外运。这一切行动都要唱着号子来完成。

号子是人在抬木时自然发出的呼声。由抬木人的领头人杠子头（又叫号子头）来领唱，其余的人接唱（又叫接号），便于抬木人步伐整齐，使木头悠起来，从而平分压力，运走木头。从有了森林采伐，森林号子就没有停止过，千百年来它活在吉林省的长白山森林里。

近些年来，由于森林处于停采保护阶段，而且机械化的运木归楞可以靠贮木场吊车，这使得抬木的活动越来越少，于是这种森林号子就越来越少。加上从前会唱这种号子的老伐木者正在渐渐地苍老和故去，使得这种传唱了千百年的森林文化难以得到传承，处于真正的濒危状态。

庆幸的是长白山的森林每隔几年就要进行一次抽伐，以便使森林透光通风，而且除了机械化的运木外，一些贮木场还是组织部分林业工人抬木。事实上，这种森林抬木号子依然活态地存在于今天的长白山森林之中，为我们抢救和保护这种珍贵的自然生态文化提供了条件。

森林号子产生于远古人类劳动行为之中，正如鲁迅先生在他的著作中曾指出的那样，最早的歌谣就是"哼唷哼唷派"，这可能是最早的"森林号子"，也是人类最早的歌谣。森林号子的珍贵价值主要表现在这样一些方面。

（一） 森林号子的历史价值

号子的出现，首先与森林的开发有关。号子的历史，就是森林的开发史。当长白山的开发成为人类的需要，当采伐成为人们生活的一部分，号子这种活态的"森林之歌"便开唱了。

号子的重要价值很重要的一点是表现在它的历史价值上。号子是人伴随森林的开发而记录着人类生存历程的重要文化类别。

随着人类生存和发展的需要，伴随着人类对自然的敬畏，森林成为长白山林区人们生存、生活的需要。随之而产生的林区也就有了人类的生存史和号子的生成史。

森林号子是美妙的音乐。清晰的节奏、丰富的内容、传奇的故事，真实地记录了人类开发自然历程中的生活形态和历史内涵，具有鲜明的地方特色，同时展现了长白山区劳动群众杰出的文化创造力，体现了生活在这里的人民的生存智慧和人文精神，是中华民族优秀文化的重要遗存。森林号子又具有很高的学术价值和实用价值，传达了诸多的生活智慧和美感。它的丰富内容和基本特征及历史价值主要表现在其鲜明的历史特征和独特的韵味上，近年来已逐渐引起国际、国内诸多专家学者的广泛关注和研究。发掘、抢救和保护长白山森林号子，不仅可以丰富和完善中华民族的传统文化，而且还可以对世界文化遗产的保护做出重要贡献。

长白山森林号子主要分布于吉林省的白山、通化、延边等地的长白山林区，特别是这三个地区内的广大林场，流放木排的排卧子和一些采伐山场等地。长白山森林的采伐已有久远的历史了。据《山海经·大荒北经》记载，早在公元前 3 世纪，长白山区已经有人开始采伐，并"穿排"。据考古发现，远在距今 1 万~5 万年前，吉林榆树人、安图人、青山头人就生活在这片土地上。8000 年前至 4000 年前肃慎族生活在长白山区，从事森林采伐和渔猎活动。唐和渤海时期至元明，长白山里的森林采伐活动一直没有停止。到明永乐九年（1411），朝廷在松花江上游运送长白山的木材造船，从此，此地为"吉林乌拉"（满语，沿江靠川之谓）。这也是"吉林"省名的来历。可见人类对长白山木材物产采伐和使用历史之久远。由于对木材的应用，就要运木，而运木就离不开抬木，所以完全可以说"抬木号子"早已在东北民族的生活历程中产生。

长白山区属于原始森林生态区，植物物种多达 2 540 余种，其中树木最为丰富。红松、白桦、水曲柳、东北胡桃楸，都是这里独有的树种。山里生长着大量的天然次生林，森林覆盖率极高。吉林省是中国的重要林业基地，有林地面积 805.2 万公顷，居全国前列。林业成为吉林省早期开发的主要产业之一。清代的典籍《吉林通志》《吉林志略》《打牲乌拉志典全书》都对林木的开采有过详尽的记载。

甲午战争之后，以俄人和日本人为首的帝国主义迅速进入长白山地区，他们成立"木殖公司"，疯狂掠夺长白山的木材资源，逼迫雇用木帮采伐，使得森林号子一直没有停止过。它是长白山森林木帮从心底发出的一种宣泄劳累、反抗压迫的呼声，表现了对外来侵略者剥削和仇恨的号子是东北长白山森林号子的突出特点之一。

在东北长白山森林号子中，有一类属于历史性和民族性很强的号子，这是因为从前吉林所辖地域十分广阔，包括今天的黑龙江和大、小兴安岭，外兴安岭、库页岛和鄂霍次克海一带都属吉林之地，大量的北部地区的山林号子都在研究之列。

其中如富育光老师在《东海沉冤录》和他在口述中讲述的关于"北海"（今黑龙江乌苏里江以北）的一些生活号子，一些"说部"的演唱片段中的内容，均属于这种类别，是珍贵的北方号子。

山和海连在一起。

许多在海上捕鱼、撒大网、拉大船、抓大鱼的号子，其实也属于这一类的号子。更加值得说明的是，号子没有文本，属于口述文化，而口述文化往往记载了珍贵的历史记忆，是一种重要而珍贵的历史文献。

在人类最注意的历史（文字史）之外，其实有关更为重要的历史，这要比文字史更加的遥远和珍贵，那就是人类的口述史……

口述文化被记录下来的这样的结构：

如"说部"讲述者开头时说道，俗语说得好，树有根，水有源，万事皆有起根发蔓儿。今个，我给众位长老、太太，外姓来客，阿哥阿沙们开沙的乌勒本，可算奇啦。见咱们满洲众姓从来听不到的一迭子遗事奇冤。年代遥远得很，是咱们翁姑玛发的翁姑玛发（远世祖）大以前的故事。

在咱们先人还叫诸申、女真人的时代，在翁妈妈居住的大海之滨，有一条绵亘南北万里长的高高赐霍特阿林地方，古树参天，虎豹成群。我们的先人还只是钻木取火，生啖兽血兽肉，族人都是妈妈的儿孙，世代自称"窝稽尼玛"，就是"窝稽人""林中人"。

东北的林中之族，在早夏日赤裸腰鬃条条遮羞，冬裹毛服御寒。海滨的兄弟们，则穿鱼皮服，鲸油点灯。年复一年，日复一日，倒也安宁……

自中原五朝唐宋以降，尤进元朝之后，东海安详之地可是血泪横流，辽在这儿有取之不尽的富源。可是，不少"窝稽人""海户"被捆绑而去，世世代代沦落他乡为异客，不少东海女真子孙变为汉人、南蛮人、西域人。大元朝废渔猎，不少土地荒芜，东海也有马群牧场。乌苏里江沿岸，尼曼河、湖布图河、珲春河都有了放牧的"塔坦色"。

历史价值中，突出了许多珍贵的民族性。东北山林中的许多号子记载了北方民族的生存历程和民俗风情，是研究和探讨民族生存发展的重要资源，又是一种记载北方民族开发自然、认识历史的信息性资料。

它的珍贵作用不可忽视。

（二）森林号子的生活价值

长白山森林号子不仅在劳动中具有实用价值，在生活中也为林区人们增添了色彩。号子的内容丰富多样，号子的形式也是各具特色，号子里的故事更是精彩纷呈。

抬木头是一种讲究集体出力的活计，一伙抬木人称为"四盘肩"，两个人为一盘肩。如果其中有一个缺席，就会造成整个集体不能正常作业，而且还容易出重大事故，特别是木帮抬木上跳时。

有这么一对父子，家里生活很清苦，两个人便一起来到了木帮抬木队。儿子是领杠号子头，负责打号领唱，和爹抬一盘肩。一次，在江源青沟门林场装火车，最后封顶爬冒时，车顶上已是3米多高。上跳准备封顶，老爹毕竟是岁数大了，抬着抬着只觉着双腿打战，两眼冒金星就要扔杠。儿子先是感觉到爹的杠发抖，再一看，爹想撒杠自个跳下去……

这时，儿子可急眼了。他用号子骂爹说："老犊子呀！嘿哟——你敢扔杠？嘿哟——我打死你呀，嘿哟——"别人想笑，可谁也不敢。那是他爹呀！这爹一听儿子这喊号骂，气坏了，但还得接号。可儿子就是不松口，就是骂。老头一来气，反而一鼓作气，上去了。因为气，就是劲儿。放下木头后下来，儿子一看爹，立刻"扑通"给爹就跪下啦。儿子说："爹，你骂我吧，打我吧。可是在跳上，我不用号骂，你上不去呀！"爹气得上去给了儿子一个大嘴巴，扔下杠就走了。从此，爹气得再也不认他这个儿子了。

儿子用号骂爹的事很快就传开了。虽说忤逆，但也说明木把抬木在杠上走号时，死也得挺住，不能扔杠。因为一人扔杠，毁了大家。所以民间又管抬木行叫"红山教行"，说这一行"六亲不认"，就是你是天王老子也一视同仁。

《拽大绳》是抬木号子的又一种，主要是在木堆封顶时把巨大的树木用绳子拢好，然后由号子头起号，大家一起来拉动绳子时唱的号子。这也是长白山森林号子的主要样式之一。

所有的号子，都在号子头领唱之后，众人以"嘿哟"或"嘿嘿哟"等声接号，这也称为号子的独特形式和特征。

接号的人，号和行为要统一。

就是在发出接号的号声之后，步伐和身体的扭动要符合韵拍，这是森林号子的重要特色。这种接号完全来自人身体在负重情况下的自然统一，也是负重前行的一种心理压力的释放。

森林活动要求每一个抬木人必须要会喊号、接号，并运用号子去工作，这是一种自然行为的歌声。

有时号子也会出现南腔北调，这不是号子本身的原因，而是唱号子的人来自天南地北，这会使得号子的声音发生变化，但总的韵调不变。号子也是传播普通话的重要媒介。

（三）森林号子的文化价值

长白山森林号子如果从文化内容上分可有三大类：一是劳动时的技术指示性内容；二是劳动生活和场景的描写；三是荤号子（带些幽默并专对女人进行描写和分析）。

1. 劳动时的技术指示类号子

主要有《抬木号子》《上跳号子》《串坡号子》《捞木号子》《归山楞号子》等。主要是指挥抬木者注意安全，顺利从事运木。

如《串坡号子》：

领：哈腰就挂呗

合：嘿，嘿——嘿——嘿

领：掌腰个起来

合：嘿，嘿——嘿——嘿

领：扳住小辫子

合：嘿，嘿——嘿——嘿

领：脚下要留神哪

合：嘿，嘿——嘿——嘿

领：躲树棵子那么

合：嘿，嘿——嘿——嘿

领：盯住脚步那么

合：嘿，嘿——嘿——嘿

领：小心树杈那么

合：嘿，嘿——嘿——嘿

领：上大岭啊

合：嘿，嘿——嘿——嘿

领：后猫腰啊

合：嘿，嘿——嘿——嘿

2. 描写劳动生活和场景的号子

如《乐呵号子》：

领：十四个人啊

合：嘿，嘿——嘿——嘿

领：仨楞场那么

合：嘿，嘿——嘿——嘿

领：分两伙呀哈

合：嘿，嘿——嘿——嘿

领：六和八呀

合：嘿，嘿——嘿——嘿

领：六个的硬啊

合：嘿，嘿——嘿——嘿

领：硬杂木啊

合：嘿，嘿——嘿——嘿

领：净大个啦

合：嘿，嘿——嘿——嘿

领：光腚撵狼吧

合：嘿，嘿——嘿——嘿

领：胆子的大呀

合：嘿，嘿——嘿——嘿

领：海个儿的靠啊

合：嘿，嘿——嘿——嘿

领：匀溜个的上啊

合：嘿，嘿——嘿——嘿

领：兄弟们啊

合：嘿，嘿——嘿——嘿

领：加油干啊

合：嘿，嘿——嘿——嘿

3. 生活中带点"滋味儿"的号子

所说的这类号子就是荤段子的号子。这也经常在生活中出现，它表现了林业工人们对生活劳累时的一种轻松心态的渴求。

如《抓小辫儿》：

领：哈腰干哪

合：嘿哟——嘿哟——嘿哟

领：抓小辫呀

合：嘿哟——嘿哟——嘿哟

领：你真好看哪

合：嘿哟——嘿哟——嘿哟

领：咱别贪恋哪

合：嘿哟——嘿哟——嘿哟

领：迎风站哪

合：嘿哟——嘿哟——嘿哟

领：咱是好汉哪

合：嘿哟——嘿哟——嘿哟

领：谁迈不动步呀

合：嘿哟——嘿哟——嘿哟

领：最操蛋哪

合：嘿哟——嘿哟——嘿哟

还有一些如《二狗子老婆》《老把头》《倚门框》等，是抬木工人对他们憎恨的人物，如警察、二狗子、监工、汉奸等进行轻蔑和咒骂的号子，也很丰富和普遍。

长白山森林号子以长白山里从事伐木、抬木、运木生活为背景，是人们在从事艰苦而危险的体力劳动时发出的生活的呼声，这就使这种文化具备了重要的人类学和民俗学的价值。在这里，既能看到人类在同残酷的大自然打交道时的背景，又反映出人类关爱亲人、吃苦耐劳的种种思想情绪和美德。如不许女人靠前，表达了男人们能吃苦、坦然面对生死，不让亲人和弱小靠前的思想美德。这种号子全面、深刻、生动地记叙和保留了长白山区人类的生存观念和文化传统。

号子产生于人抬木受重压时吟出的一种声音。人在重负下发声，这是人生理的需要，但更重要的是人精神的需要。号子对人生命的构造和发展具有重要的和谐意义，它是人在与自然生态相融合时产生的结果。

抬木唱号子是劳动过程中身体的需要，也是精神的需要，是人自然结构的需要，是人生命运动的一部分。

起号时，号子头有时是一句指导性的话。如"哈腰挂呀"，有时是直接一个字"嘿"或"咳"，这都是人在受重时的自然抒发。

号子歌，是研究人类生命结构的重要资源，很有科学价值。

同时，森林号子真正体现了人类文化创造的典型性、代表性。劳动创造了森林号子，号子本身又记载了人的生存历程和生存形态。号子又具有传承、活态保存的生活特点。

今天，当人们抬一些重的物件，还是忘不了使用这种号子，这些都足以证明它有抢救和保留的意义。

号子在长白山林区具有鲜明特色，在当地有很大的影响。号子王任天元说，我一听到号子响，心里就痒痒，总想去抬一抬，唱一唱。足见号子在百姓心中的地位。研究号子的生态和谐理论将会对人类探讨其生存质量有着极其重要的现实意义和历史意义。因此我们说，长白山森林号子的重要价值在于它与人文文化和自然文化的融合，是一种具有双重价值的艺术类别。

（四）森林号子的艺术价值

长白山森林号子中的许多精彩的部分和段子，今天已经普遍地流传在百姓的生活当中了，更有的对当地的民歌、小调、"哨"、五更、秧歌帽儿、二人转等无论从形式上还是艺术上，包括音调和词语，都产生了深远的影响。

大煎饼，卷大葱，

咬一口，辣烘烘，

干活全靠老山东。

这是对来长白山区闯关东的中原人的一种歌颂和赞美，而号子中也有在抬木时的歌中唱道：

大煎饼呀——

嘿哎哟呀——

卷大葱呀——

嘿哎哟呀——

咬上一口——

嘿哎哟呀——

辣烘烘呀——

......

这分明是借鉴了生活中的歌谣而形成了号子的内容。也可以说，长白山区的许多歌谣形式、艺术都与长白山森林号子有着直接和间接的关联和影响。

由于森林号子始于本土的民间劳动生活，发展于茫茫的长白山林海各采伐团体，经过一个又一个杠子头（领唱号子的人）不断地加工传承又流传下去，这使得森林号子成为森林采伐帮集体使用的文化，又凝聚着号子头独特的智慧创造和文化成果。这既代表了森林采伐工人集体的思想情绪，又传承了每一个号子领唱人这个创作主体人的充分的人生个性。

长白山森林号子已成为包容文学、音乐、行为、喊唱，乃至互相说话方面的生活认同和思想表述等综合艺术成分和文化意义的作品。

号子的内容包含了东北民族生存的哲理箴言、民间谚语、歇后语、民间故事、笑话和传说等，是反映长白山区人民群众生活和自然风貌的百科全书。号子体裁既有临时发挥的随时创作的散体，又有几天或更长时间不断使用的复合体，同时也有较长的叙事歌。号子的演唱方式虽然较固定，但唱词格律与押韵方式往往充满多样性，变化无穷。

起号和接号，这是长白山森林号子的重要音乐艺术特色。起号人的第一句往往决定这首号子的成功和流传能力。这主要表现在起号人的声音和时间上。每首号子每个号子头的起号声调特别重要。号声的大小、高低、粗细、强弱都决定着其他接号人的抬木劲头、步伐步态，甚至运送距离和时间的掌握，都是靠号子来控制的。

一种调律，多种内容，这是长白山森林号子的另一重要艺术特色。一种固定的调律早已让人记于心中，便于大家都"走在号上"。抬木是一种齐心协力的劳动形式，号子就是用自己的韵律来调节人的步伐，所以叫走在号上，这是调律的作用。而号子内容的变化，完全由号子头去完成，他的变化也要在同一的调律中去进行。这种变化，只能是词的变化，在同一的调律中发现不同的词语内容，去指挥大家共同抬木行走。

号子头的起号内容使得号子丰富多彩，变化万千。从开始的"哈腰挂"到"撑腰起""迈开步""往前走"，直到他在抬木途中见景生情，见物比物的表达，不但为大家解闷，还有指挥上跳（上跳板）时的注意事项。到了楞上（木堆或车上）怎么放木，哪边先落先放等，都要由他的号子去指挥。这使得号子在固定的调律下内容却是千变万化，充分体现出长白山森林号子的独特内涵。

诸多长白山森林号子，在中国民间歌谣吉林卷的《白山歌谣卷》《通化故事歌谣卷》《延边故事歌谣卷》《集安故事歌谣卷》《临江故事歌谣卷》《敦化故事歌谣卷》等书籍和资料中均有记载，这已成为吉林省非物质文化遗产的重要类别。

长白山森林号子的主要艺术特征是：

1. 多样性

种类多样：除了以抬木为主要代表的《抬木号子》外，还流传着《上跳号子》《捞木号子》《拽大绳》。

内容多样：唱词中既有民间谚语、成语，又有许多俗语、俚语等地方方言，还有人生哲言箴言、故事和传说小帽儿等。

长白山森林号子是集东北民间小调、民歌、秧歌帽儿、二人转说口之大成，许多号子王通常也是这种民间艺术优秀表现者。他们又通过自己抬木的亲身体会而产生了号子，于是使号子具备了自己独特的韵律和韵调。

更重要的是它有号子自身的个性特点。

它由抬木人每一次抬木的具体感受所发，表达了人每一个时期的心理状态，记录了人复杂的生存背景和空间。号子是研究长白山文化和东北地域文化的重要之本。

动作多样：运木唱号子，唱的人步伐一致，但手、腰和步伐优美奇特，给人以一种在负重的场景中油然而生的动作美感。

2. 创造性

长白山森林号子是抬木人即兴而创作的一种歌谣，一般是见景见物即兴而发，所以保留了诸多号子王独特的创造智慧。如反复描写一个人物，一个场景，一个动作，但不枯燥，不显得重复。这主要是号子通过自己的调的高低、粗细、长短、大小调节了听的人的心理，产生了迷人的韵律。

而且，虽然韵律固定，但由于富于创造性，所以百听不厌。

3. 民众性

长白山森林号子是长白山伐木者生活中不可缺少的组成部分。人们常说，森林里如果没有号子，长白山就没有了灵气。这话一点不假。这种号子声时时飘荡在长白山人的生活中，已经和生活在这里的民众息息相关，成为人们生活中难忘的艺术。

六、森林号子王的故事和行话

作为歌谣艺术的森林号子，它是与人——号子的创作者整体的生活状态和生存历程分不开的一种文化。可以说，号子创作者的生活背景和生活空间是号子产生的重要基础。

包括号子王的故事和杠子行的行话隐语，都是一种文化，我们称为号子文化，它是一种多样性的文化。这是因为号子的创作者本身就处于多样性的文化背景之中。

（一）号子王的故事

1. 儿子当号子王

有这么一对父子，家里生活挺苦，两个人便一起来到了木帮抬木队。儿子是"领杠"号子头，负责"打号"领唱，和爹抬"一盘肩"（两个人抬一副杠）。

一次，在江源青沟门林场装火车，最后"封顶"爬冒时，车顶上已是 3 米多高。上跳准备封顶，老爹毕竟是岁数大了，抬着抬着，只觉着双腿打战，两眼冒金星就要扔杠。

儿子先是感觉到爹的"杠"发抖，再一看，爹想撒杠自个跳下去……

这时，儿子可急眼了。他用号子骂爹说道："老犊子呀！嘿哟——你敢扔杠？嘿哟——我打死你呀，嘿哟——"

别人想笑，可谁也不敢。那是他爹呀！

爹气坏了，但还得"接号"。可儿子就是不松口，就是骂。老头一来气，反而一鼓作气，上去了。因为"气"，就是"劲"。

放下木头后下来，儿子一看爹，立刻"扑通"给爹就跪下啦。

儿子说："爹！你骂我吧！打我吧。可是在跳上，我不用号骂你'上'不去呀！"

爹气得上去给了儿子一个大嘴巴，扔下杠就走了。

从此，爹气得再也不认他这个儿子了。

2. 老娘提提鞋

有这么一家，闯关东出来的，落脚大阳岔。

这家男人老实，在外面总挨欺负。男人回家一上火，女人心里也来了气。

这一天，女人对男人说："今个你在家，我去木帮！"她抓起小杠就走了。

楞场人一看，来个女的，就问："你男人呢?"

"在家养孩子呢。"

大伙听了哈哈笑。

领杠的说："你这是怎么说话呢，男人怎么能生孩子?"

女人说："既然男人不能生孩子，女人也不是不能喊号！"

一句话，差点把大伙顶个倒仰。

既然人家把话说到这份上啦，大伙也就无话可说啦，操家伙吧。

上跳之前，一个老木把要女人的话口（表态之意）说："我说你呀，现在不上还赶趟，等上去，可不兴扔杠！"这说话间他还故意选了一根大木。

女人说："你就把家伙得了！"

于是，她大声唱道：

"哈腰挂呀了吧——"

大伙只好操起杠接号：

"嘿哎哟嗨！"

一点点地往前走去。不一会儿，上了跳。

当上到第三排卡凳时，有几个木把有点吃不住劲了。再一看那女人，脸不变色，气不长出，大伙正吃惊，突然又听女人唱道：

"大伙等一下呀！"

"嘿哎哟嗨——"

"姑奶奶我提提鞋呀——"

"嘿哎哟嗨——"

唱到这儿，只见她，抬起了一条腿，轻松地摸到绣花鞋跟，一点点地提开了。

大伙这下可吃惊不小。

一个个的直打晃不说，而她，还提个没完没了了。这时，大伙终于明白咋回事了，这是人家给自个的男人"报仇"来了！

于是，一个老木把开了口，说："我的姑奶奶呀！你快点吧。这些兄弟们都等你呀……"

"是等我吗？"

"是呀！"

"那从今以后，你们是不是都一样待承。"

老木把发出了哭一样的回声："保证！保证一样待承！"

于是，女人这才提完鞋，这伙人终于将大木头抬了上去。从此以后，这女人的丈夫再也没有受过大伙欺负。

3. 闯野鸡帮

"要吃木帮饭，得拿本事换。"

这句东北木帮悟语，道出一个生动的故事来。

在东北的长白山里，木帮们有句口头禅，哪儿挣钱上哪儿去。哪挣钱？其实就是指抬木头挣钱，又叫"吃杠子饭"。

在长白山里，最大的杠子帮叫"野鸡帮"，这是因为民间常说：家鸡一打团团转，野鸡不打满天飞。是说，有能耐的人，都奔野鸡帮，他们敢于占四方。

那一年，李毓生18岁，家穷，就奔了野鸡帮。野鸡帮在深山里头。往里一走，就听见野鸡帮的号子喊得震山响。

号子响，人就硬实。没有木头，号子不响。木头一大，号子一响，黄金万两。木头小，号子起不来。号子是木头的语言。号子是木头的话、嗑。号子是木头的味儿，号子是木头的精气神儿。

李毓生按着响动走上去，见一个又黑又大的老把头，名叫张山的领着人干活。他双手一施礼，说："老把头，凳高了，马短了。今个走到这儿，要吃口杠子饭。"

张山瞅他一眼，对下手二杠说："称一称他。"（比一比的意思）

二杠递过一根小杠。问："大肩？小肩？"就是左肩右肩的意思。这是人家的客气。意思是让你选择。李毓生一看二杠的礼让中有小看自己的意思，就说："师哥，你定。"

但，这句话，也是有分量的。

那意思既是尊重你，同时也给你一个下马威，意在："我既然敢为，就大小肩都能行。"

这个二杠，也是个心地挺善良的人。这时他低声说："兄弟，今个你耍尾吧！"

耍尾，就是后边的一杠。

这个活，只要前边一步，后边要三到五步；弄不好，当天就耍死你。

李毓生一听，吓凉了，这不是要我命吗？

可是，为了吃这碗饭，又不能不干。于是，他硬着头皮上了杠。

当时，前边头杠的人就是师哥。而他处处时时压着步子。那是一根1 360多斤的大树。师哥始终压着点，没让它耍起来，用起来，最后终于顺利完好地抬了上去。

于是，野鸡帮收下他了。

这天夜里，李毓生来到师哥住的窝棚，扑通一声就给师哥跪下了。他说："师哥，俺一辈子都忘不了你的恩情。"因他听说，就在前一天，一个自恃高傲的外地来闯野鸡帮的吃杠子饭的，第三天就被耍死了。

从此，他就在野鸡帮干上了。

4. 阴阳钩

阴和阳，这是人间地狱的一字之差。可是对于生命却有着天地之隔。

那一年，任天元去山里闯大阳岔顾长远的杠子帮。

冬天，老山里树被冻得嘎嘎响，都被冻裂了。

大树冻倒的瞬间，拍起冲天的雪末，在天空上久久飘荡不散。

在这样的日子里，一般的人都是在家待着，再也不出门了。可是任天元为了生活，不得不奔往深山老林，为着多挣几个呀！越往山里走，天越干冷。

吐口痰掉地下就能摔两半。

沟里抬木头，遭那些个罪呀，人，一睁眼就是木头。

这一天，他来到山里杠子帮。他见顾大把，说了自己的意图。

顾长远说："谁去称称他?"

"师傅！我去。"

说话的是一个叫谭宝的人。这人长得五大三粗，哪一个新杠（新来的抬木人）都要经过他的手去称（去试）。

这人生性心黑胆硬，称死人不要命。不少他看不上的人，都被他给玩完了。

这一天，他们进了山场子。任天元不知自己的命运会是如何。

人啊，在苦寒的老长白，生命就像草里的蚂蚁，说完不见一点痕迹……

白雪把四野铺厚。刮鼻子刮脸的严寒，冻得人吸口气，就像吞了一口尖椒，肠子里火辣辣地疼啊。出一口气，飘出去，变成霜雪，落下来刷刷响。

娘啊！儿进山抬木头啊……

任天元，在心底哭着。一切为了生存。

但今天要过谭宝的秤这个节骨眼，他是男子汉，不能熊！不能给关东汉子丢脸。

这时，谭宝来到一根大青杨前。

只见那树，足有老木柜子那么粗，一头上还有一个大木疙瘩。大青杨是长白山里稀有的树种，个大、木头厚、分量足。

谭宝"咔嚓"一下子就把掐钩挂在树疙瘩上了。他回头对任天元喊道："小子，接杠……"

这一刻，任天元看明白了，他谭宝使的这叫"阴阳钩"。阴阳钩就是把钩搭在有疙瘩的树的疙瘩上。这种钩挂在疙瘩上，钩绳稍一串，小杠这头的人立刻一腔子血从喉咙里直呕出来，从此废啦。但是，现在箭在弦上，不接不行，于是他二话没说，就接了杠。

号子一起，他猛然觉得大杠那边一压。此时他要稍微没有点骨气和毅力，一扔杠，血也就吐出来了，可是任天元是谁？那是三辈子老木把的后人，他不能丢这个脸哪！家乡父老爹娘都在远方看着呀！

想到这儿，他憋足一口气，在号声中，只见他立刻挺起腰，走了起来。

这一下，把谭宝震住了。谭宝心里也被这个人的行为感动了。

走着走着，谭宝用手一拧，把钩又往高提一下，这叫串钩。

这一串，又等于把千钧的重力移了过去。其实任天元早已看在眼里，开始他使出吃奶的劲儿挺着，脸已憋得如猪肝般红。

这时，谭宝还想使出左串钩，就是把钩往左撇一寸，这时的重力，会使小肩人必死无疑呀！就在这时，顾长远一步蹿上来，上去就按住了谭宝的手，说："老谭哪！万事不能干绝！"就这样任天元在顾长远眼尖手快那一按下，终于闯过了生死关。

在顾长远的杠子帮里干了一冬天，任天元肩膀的血蘑菇长了五寸。

5. 马先起

在野猪河，有一伙杠子队，有一个人，叫马先起。

马先起本是一个人名，可偏偏这个人抬木头，谁也不愿和他一个杠。

一个杠，又叫一副肩。他干的是大肩。小肩这边，谁也不愿干。因为马先起总好自己先起。

抬木这种活，两个人一副肩，一个人先起，另一个人就遭罪，就吃重。

有一年，敦化一个叫高连云的木把来到了野猪河杠子队。当时，这高连云年纪不大，身子骨嫩，因为家穷才进山里的杠子队来抬木头。和他一块进山的是他的一个屯邻，他们是合伙来到野猪河的。干了没几天，他就受不住了。这天，他对屯邻郭才说："二哥，我要走！"

"行。但得找个人！"

"回去找。"

"回去？那怎么行？"

"咋的？"

"这里的杠，谁接？"

屯邻说得有道理。干抬木这个行当，没有多余的人，少一个，活干不了不说，钱也没法分。再说，高连云为啥想走，是因为他的另一副肩正是马先起，谁和他也受不了啊！可一时又没有人来顶他，没办法只好进了山场子。

这时，正好走到一根老柞木前。

那种老柞木，外号叫"老婆树"。是指根长得像萝卜根，小头不大，大头挺大。就是这种树木，不少杠都闪过去了（躲过去了）。现在，马先起却专门选上了这根。因为他不怕，他先起呀。

屯邻郭才也看出了对方的意图。马先起不断地叫号！郭才想，一个屯子出来的，压坏了回不去，屯里人也会埋怨自己。于是就走上去，给马先起递了一根烟，说："兄弟，抽上……"马先起不接。郭才又劝，才接。马先起接了，抽上了。

郭才趁机说："兄弟，这根老婆树，挂了好几挂了，没杠走，我看，咱们也绕过去吧。"

马先起说："绕过去，工钱你给！"

大伙傻眼了。野猪河杠子队马先起说了算哪，没法，只好挂。

可是，起来好几起，高连云、郭才，还有几个人都换在马先起的下杠，就是起不来。

马先起急了，大骂："滚！都给我滚！"

高连云不愧是日后的号子头、号子干。这时他走上去，对马先起说：

"师哥，凡事要找找根。有多大的树，就有多大的力。咱们前后找一找，看在哪儿下钩……"

他的一席话，对了马先起的心思了。

于是，由高连云掐着把门，在"老婆树"的上上下下，一找，最后把钩搭在树的细梢处，让"老婆树"的根拖着，终于起来了。因为这样，你先起后起都不重要了。这真是事在人为呀。

后来，高连云和郭才成了好朋友。到老了，郭才还见人就说，在野猪河，高连云大把没给我丢脸哪。

6. 唱甩坡

有一年，东山里来了一伙山东人，他们人多力气大，整个山场子他们挑着干，好活都让他们做了。

这一年，在黑风口，一个山场子都是好红松。听说有山东子和四五个杠子队都往那里赶，号子王任天元和他表舅哥也往那儿赶。可是到了那儿才听说，山东子已把好抬的都杠出去了，剩下遍地的都是老柞木。

去还是回？那年头，找点儿活也不易。大伙意见不统一。

把头何三虎说："就这场子，咱不干也是有人抢！"

大伙只好干。默认倒霉。

可是干了两天，一个叫杨麻子的就吐了血，再也没起来。

还有一个叫赵成敏的，也是因家穷，就顶上杨麻子上来了。当时，那是一根 5 米多长的木头。他把把门平放在木头上，用手掌按着走。

四个人一节，就赵成敏不行。

赵成敏实在不行了，就说："等等，我回家取帽子！"

其实，取什么帽子？这是人家借口走了，大家心里都明白。

这时，把头何三虎上来了，他问大伙："四个人能不能抬动？"

大伙说："少一个人哪。"

何三虎说："不少。"

果然，他身后跟着一个做饭的。这小伙子也是从山东来的。但还没上过杠，只是听人喊号子，看着人家干活。现在，他让把头给弄来了。

大伙都说："恐怕不行。"

何把头说："差不多。"

做饭的就跟在大伙的后面奔大树走过去，去照量。

这时，何把头顺兜里掏出一块大洋，吐口唾沫，往树上一贴，说："抬动了，拿钱走人！"

只见那个做饭的也不赖，跟着大伙甩掉了狗皮帽子，弯腰上了挂。

号子头大喊：

哈腰就挂了吧——

嘿嘿哎嘿呀——

串上坡就走吧——

嘿嘿哎嘿呀——

……

终于，大木动了，走了。在这响亮的号子声中，大木被运出了老山。

森林里抬杠子这一行，真是什么奇特的事情都有啊！

（二）号子行的行话隐语

号子行，其实就是杠子帮。因为他们干活要喊号子，所以叫号子行。

同其他行帮一样，这一行也有自己独特的语言，也有属于自己的行话和隐语。

下面，就长白山区森林号子帮这一行的特殊行话和隐语进行相关的介绍。

1. 号子行的组织结构

（1）领杠

领杠，是这一行的主要人物。抬木头，都得用一根杠子，所以他们的领头人就叫领杠。又叫杠子头，或号子头。因为这个头除了具有领导者的能力外，还必须是号子的领唱者。领杠人是靠号子来指挥大家的，俗称"唱着说"，是指张口就是号子，就是歌的意思。领杠的，又叫拿杠的。每次抬木，抬哪根，杠子头的杠子一落，别人要立刻明白他的意图，俗称撵杠。

抬木头是动和声音相辅相成的。杠落歌起，杠到号到，差一分一毫也不行。而这种行为的尺寸，全靠号子头——领杠人去唱着号子带头施行。

（2）头杠

头杠，是一伙抬木人中的头一个人。抬木分四个人、六个人、八个人等的杠子伙。每四个人称为一伙，又叫一盘肩。也有两个人称一盘肩的。而无论几盘肩，头前的第一个人（右肩）都称为头杠。世界上什么都是左为大，就抬木头是右为大。左为大的道理是人心脏在左，心是人生命的主导和主体；可是抬木头不同。抬木头时，头前的两个人左右肩右肩那个人为头杠。

（3）二杠

二杠，是这一盘肩的第二个人，俗称"二掐子"。二掐子，是指第二道掐钩之意。是说这个人要操纵他手中的抬木工具——掐钩。二杠是这一盘肩中最重要的位置。他的位置决定了他抬的分量最重最沉。放木时，他先蹲掐子，松掐钩。

（4）三杠

三杠，是这一盘肩中可有可无的位置。如果木头小，就可以撤了这一杠。但如果木头大，没有它又不行。平时也叫三杠是耍尾的。可是它要随时看着前头行事，只要有眼力见就行。

（5）四杠

四杠，又叫耍尾。耍尾，又叫"甩尾"。是指一种长尾的动物尾巴会动会甩的意思。而抬木头的帮伙队伍，几个杠子一组合，恰恰像一条龙在运行，所以就有了头和尾。

2. 号子行专用语汇

抽茬子——指山里挑木头去伐。

把门——色子木，顺子木。长85～90厘米。中间粗、两头细，中间一个壳，放卡钩。

一盘肩——又叫一副肩。指两个人，一左一右，对面抬。

小悠——一根小绳，可穿木杠。

垫肩——二尺八或三尺见方的一块布。有白，有蓝。抬木时垫在肩上。

开飞机——指对方（一盘肩）不告诉你猛地往先一起，另一方一下子摔倒。

啃掐钩——也同上边一样。指没有准备而败下阵来。

迎头——车上或木堆上有一根木头，大头冲这边。抬木的人要防止这事。

爬木头头——指吃抬木饭的人。

帮一杠——指对方让你先起，省劲儿。

组杠——杠子伙招集人。

组几个盘肩——杠子伙挑选人。

杠子头——杠子伙的把头。

号子头——杠子伙里喊号人。他往往也是杠子伙的头。

压脚——一种工具。一头带个铁包皮。可用来清理被误住的爬犁道上的爬犁。

前后杠——前把门，后把门。

哈啦嗨——这是杠子头、号子头的别名。因他喊号子总离不了哈、啦、嗨、哎什么的，所以叫这个名。

解号——又叫接号。解，指号子被听的人去理解，然后跟着执行。

拉大绳——指一种号子名。是在众人用大绳拉木时唱的号子。

催木头——指号子叫得紧，叫得急。

撵步——跟上步伐。

拉弓——指木头重，把跳板压弯了。

吃杂八地——干杂活的人。

上甩——号子调结尾往高扬。

下甩——号子调结尾往下去。

左甩——号子调结尾往左。

右甩——号子调结尾往右。

前甩——号子调往前出气。

后甩——号子调往后出气。

老甸子——高山湿地。

背坡——一种在山上背货去卖的人。

抓凳——把木头叠高。

串坡——在山坡上集中木头。

憨载——干活下死手。

老婆树——长得上细根粗，不好抬的树。

串钩——又叫"挂串"，指掐钩向两边动。

收肩——完活收工。

收杠——也是结束工作的意思。

边股——木堆上的一侧。

小尾——指抬木头的最后一副肩的小肩。

吃小磨的——带工具入股，算一份。

吃杠饭——靠杠子来挣钱的。

上晃钱——也是指吃抬木头这口饭。

小杠——抬木工具。

掐钩——抬木工具。一个套，一边一个铁钩。

搬钩——搬木头用的木杆，头上一个铁钩。

刨钩——搬木头用的木杆，头上一个铁钩。

大掏——又叫大套。指很长的绳索。

驴子——两个小杠的俗名。

滚杠——两根，反套。用来垫木滚动省力。

踩边股——走在跳上，脚踩跳边。

踩里股——走在跳上，脚踩里边的跳边。

挂嫩了——指掐钩搭木边上了。

挂老了——指掐钩搭木太深了。

秃噜钩——指挂嫩的钩。

死钩——指挂老了的钩。

大点挂——往木的下边挂。

抠旁钩——往木的一边挂。

对掐对挂——木头长点，往中间挂。这样，后边不踩前边脚。

打电话——前把门抬前边木头，后边人抬后边木头。

二杠挂——指第二盘肩的人先下手。

四杠挂——指第四盘肩的人先下手。

头杠——头前的一副盘肩。

拉拉壳——钩挂的前浅后深，怕撸钩。

打一个点——把门上的"印"。是硬压出来的。

小杠飞了——叫上劲儿时，树重绳紧，杠飞了出去。

愣愣号——不一样的号子。也叫随心所欲。号子，一个地方一个风俗。江源、三岔子、大阳岔，号子都不一样。这叫号随风（风俗）转。

老号子——土号。

长尾号——指尾音长的号子。这类号子不好接，但好听。长尾号，人一不注意，就容易"闪腰"。

笨号——也指老号子。流传得广。人人会听，会接。

前后杠——两人抬。

早报号——号子头要早点报号，让人有个准备。一般的情况下，唱歌跑调，但喊号不跑调。但要早点发出，行就行，不行就不行。糊弄人不行。

悠上去——在跳板上抬上去。

拿杠的——也指号子头。

拉屎不掉帽子——各使一股劲。

杠子房——抬木人住的地方。

抗脚行——也指上跳的人。

血蘑菇——指抬木头的人肩上压出的肉。

血蘑菇长出来没有——肩上的硬肉压没压出来。

撸顺撸顺——木杠在肩上压一压。

称一称他——试一试他，或考验他一下。

耍尾的——指最后一杠的。

后毛腰——让前边木头头先起来。

阴阳钩——不怀好意。挂掐钩时把钩往你这边多挂。但是挂在树的节子或疙瘩上，对方看不出来，却能压死人。

爬帽——抬木往高高的木堆上走。

红山教行——指六亲不认。抬木人认木不认人。因为在木上肩时，说什么也没有用了。

瞎活稀——不会干活的人。

放楞的——用爬犁从山上拉下来，先归楞，这叫放楞。放不好，挤脚。

七、口述史

（一）任天元的号子经

我一唱起号子，其实心里就想起了俺的老爹。他小时不易，给人家扛活挣钱养家。每当我摸起小悠，摸起把门，也就想起了一个故事。那是一个关于马头琴的故事。

据说从前，在古老的察哈尔草原上有个叫苏和的小牧童，他每天放牧，和老奶奶生活在一起。他唱的长调很好听，大伙都愿意听。

一天，太阳已经落山了，可是，苏和还没有回来，不但老奶奶心里着急，就连邻近的牧民也都有点着慌了。就在人们十分焦急的当儿，只见苏和抱着一个毛茸茸的小东西走了回来，人们围过来一看，原来是匹刚出生的小马驹。苏和看着大伙惊异的眼光，便笑嘻嘻地对大家说："在回来的道上，碰上了这个小家伙，躺在地上直动弹。我一看没人管它，大马也不知去向了，我怕它到了黑夜被狼吃了，就把它抱回来啦。"

日子一天一天过去，小白马在苏和的精心照管下已经长大了。它浑身雪白，又美丽又健壮，人人见了人人爱，苏和更是爱得不得了。

一天夜里，苏和从睡梦中被急促的马嘶声惊醒。他想起小白马，便急忙爬起来，出门一看，只见一只大灰狼被小白马挡在羊圈外面。苏和赶走了大灰狼，一看小白马浑身汗淋淋的，这才知道大灰狼一定来了很久了，多亏了小白马，替他保护了羊群。他轻轻地抚摸着小白马汗湿的身子，像对亲人一样地对它说："小白马呀！多亏你了。"

时间过得很快。一年春天，草原上传来了一个消息，说王爷要在喇嘛庙举行赛马大会。因为王爷的女儿要选一个最好的骑手做她的丈夫，谁要得了头名，王爷就把女儿嫁给谁。苏和也听到了这个消息，邻近的朋友便鼓动他，让他领着小白马去参加比赛。于是，苏和便牵着心爱的小白马出发了。

赛马开始了。好多身强力壮的小伙子，扬起皮鞭，纵马狂奔。到终点的时候，苏和的小白马跑到最前面。王爷下令："叫骑白马的上台来！"等苏和走上看台，王爷一看，跑第一名的原来是个穷牧民。他便改口不提招亲的事，而是说："我给你三个大元宝，你把马给我留下，赶快回去吧！"

"我是来赛马的，不是来卖马的呀！再说，再苦再穷我也不能出卖小白马呀？"

"你一个穷牧民竟敢反抗王爷吗？来人哪，把这个贼骨头给我狠狠地打一顿。"不等王爷说完，打手们便动起手来。

苏和被打得昏迷不醒，被扔在看台底下。王爷夺去了小白马，威风凛凛地回府去了。

苏和被亲友们救回家去，在老奶奶细心照护下，身体渐渐恢复过来。一天晚上，苏和正要睡下，忽然听见门响，问了一声："谁？"但没有人回答。门还是轰隆轰隆地直响。老奶奶推门一看："啊，原来是小白马。"

这一声惊叫使苏和忙着跑了出来。他一看，果真是自己的小白马回来了。它身上中了七八支利箭，跑得汗水直流。苏和咬紧牙，忍住内心的痛楚，拔掉了马身上的箭。血从马的伤口处像喷泉一样流出来。马因伤势过重，第二天便死去了。

原来，王爷因为自己得到了一匹好马，心里非常高兴，便选了个良辰吉日，摆了酒席，邀请亲友，举行庆贺。他想在人前显示一下自己的好马，便叫武士们把马牵过来，他想表演一番。

谁知王爷刚跨上马背，还没有坐稳，那白马猛地一尥蹶子，便把他一头摔了下来。白马用力摆脱了缰绳，冲过人群飞跑而去。王爷爬起来大喊大叫："快捉住它，捉不住就射死它！"箭手们的箭像疾雨一般飞向白马。马儿身中数箭，但还是跑回了家，死在它最亲爱的主人面前了。

小白马的死，给苏和带来了巨大的悲痛。他几夜不能入睡。一天夜里，苏和在梦里看见白马活了。他抚摸它，它也靠近他的身旁，同时轻轻地对他说："主人，你若想让我永远不离开你，还能为你解除寂寞的话，那你就用我身上的筋骨做一把琴吧。你拉起来的时候，就是我的叫唤声……"苏和醒来以后，就按照小白马的话，拿它的骨头、筋、尾做成了一把琴，每当他拉起琴来，他就会想起对王爷的仇恨；每当他回忆起乘马疾驰时的兴奋心情，琴声就会变得更加美妙动听。后来，人们就把这琴叫马头琴了。从此，马头琴便成了草原上牧民的安慰，他们一听到这美妙的琴声，便会忘掉一天的疲劳，久久不愿离去。

我其实也是一样。我一到木场，一摸到杠子，也就想起了从前的日子，我从此也就离不开号子了。只有唱起了号子，心中的许多思念和情感才能很好地释放出去。

我也不知怎么回事，总觉着号子就像俺的气息一样，呼出它，内心就舒畅，就精神了。就像牧人拉着马头琴唱起长调一样，我扛起小杠，就自然地唱起了号子，这就是我们木帮从前生活的历程啊！

（二）李毓生的号子经

号子既然是号，就是以一种声音来打动人。

我一听起号子，就想起一个故事。在俺的老家河北一带，有一种调叫"拉魂腔"，是从小老人给俺讲的，今天还在我的脑海里念念不忘。

从小民间就说：

> 拉魂腔，拉魂腔，
>
> 不怕人不听，
>
> 就怕人不唱。

相传，在古时候，有一个民间艺人，他善于把当地许多优美动听的民歌、小调和民间乐曲糅合成一种民间说唱，受到人们喜爱。人们叫他老大哥。

这一年，民间艺人老大哥单枪匹马来到河北沧州一带演唱。由于他嗓音洪亮，唱腔好听，表演传神，再加上相貌英俊，待人随和，很是招人喜爱。他上集赶会，走村串户，许多男女老少跟着瞧，撵着听，直唱得人们魂不附体，忘了寝食。

一天，周家集有个姓周的大户人家给自家小姐过生日，请老大哥去唱堂会。老大哥在客厅里唱，周家老爷起先只准周小姐在绣楼上听。哪知小姐听着听着就坐不住了，悄悄地下了楼，来到客厅的屏风后面听。周小姐平时就爱好抚琴吟诗，她一边听，一边就跟着老大哥哼了起来。老爷和客人们都听入迷了，小姐下楼藏在屏风后面听，谁都没有发现。

一会儿，老大哥唱完了，众人还在迷愣。小姐走到堂屋里对爹说："父亲大人，快给老大哥赏银哪！"

周老爷才回过神来，说："是呀！是呀！"

说罢，吩咐家人捧了赏银给老大哥。小姐又给了老大哥一包赏银，银两比她父亲给的还多。更贵重的是银包里偷偷夹了一只玲珑剔透的玉镯。

从此，这位周小姐经常和丫鬟一起偷跑出去听老大哥唱调子，还经常把自己的私房钱塞给老大哥，让老大哥添行头，买乐器。这样，一来二去的，两人萌生了爱慕之情，时不时地幽会一处，山盟海誓，永不分离。

天下没有不透风的墙。不久，老大哥和周小姐在一起幽会被周老爷发现了。在旧社会，这可是了不得的事啊！周老爷大怒，派人抓回周小姐，狠狠地训斥了一顿说："你是大家闺秀，金枝玉叶，怎么能和一个挨门乞讨的戏花子接近呢？还把你的玉器偷偷给他，我看你的魂被卖唱的拉去啦。不争气的东西，从此以后不准你再见他！"

说罢，把周小姐锁在楼上。一气之下，还命家人连夜把老大哥赶出周家集。

老大哥一走，便浪迹江湖，四方谋生，去向不明。周小姐在楼上茶不思、饭不想，整天整夜地倚着楼窗哼唱跟老大哥学来的调子，呆呆地望着远方。

周小姐的举动也感动了贴身的丫鬟。一个风雨交加的夜里，她撬开楼门、院门，带着小姐逃出家门。她们历尽艰辛，终于在沧州城附近找到了老大哥，结为百年之好。

周小姐聪明好学。婚后不久，就能和老大哥同台演唱小生、小旦戏了。她那婉转甜润的唱腔，窈窕秀美的身段，惟妙惟肖的表演，一下子轰动了整个沧州城，那才真把听戏的人的魂都拉去了呢！起先人们还叫不出这叫什么调，什么戏，这事情一传十，十传百，听的人都着了迷，像魂被拉去了似的如痴如醉，于是就把这种调子起名叫"拉魂腔"。

后来，老大哥和周小姐又就地取材，自制一个两根弦的土琵琶，用那只玉镯套在手指头上作为弹琵琶的拨片，后又演变为用竹子、牛角料制成，一直沿袭到今天。

可见，无论是调、腔还是号，都是有一种经历的，都是人心里头的苦歌，也是一种精神的歌。所以，唱号子用情用心，不然，唱不好。号子在生活中流传愈久就愈好听。而且唱的人也就熟能生巧了，使号子更具有自己独特的韵味。

（三）王守用的号子经

号子唱起来，是要让人骨硬神强。

这骨硬，是说当号子一叫，抬的人立刻觉得身子骨都有了力气，这叫骨硬。而这种神强，就是大脑接收了号子发出的信号后人便硬朗起来。

号子是一种精神的歌。所以，号子能使人心强、神强。精和神，就是人的精神头。唱号子的人，要保证你的声调一露，立刻就能震住任何接收你的调子的人。那种调，把人的心和魂都慑住了。太好听了，叫人不能不去听，不能不去记。这才叫本事。因为长白山森林号子就是以它独特的演唱风格和魅力来吸引住人的，所以有人说，这是山里的大戏。戏是怎么来的？歌是怎么来的？号子是怎么来的？这些都是从岁月中日积月累得来的。

其实关于歌、戏、号子，古已有之。可民间偏偏说是秦始皇修长城时的故事。

传说从前有一户人家，两口子领着一儿一女过日子。儿十女八，从小二人就喜欢唱歌，别人就给他俩起名叫喊哥、号妹。

一年，父亲被修长城的兵用一根铁链一绑拉走了，母亲哭着追，但没有用啊。

山上的桃花开了又谢，谢了又开，整整过了五载，还不见亲人归来。妻子因思念丈夫染上重病，眼看一日重似一日，便将喊哥、号妹叫到床头前说："妈怕是不得好了。我死了，你们千万要去找你爹。他就是死了，也要把骨头背回来，埋在家乡的土地上。"兄妹二人哭着答应了。

几天以后，母亲死了，兄妹俩出门去找爹。

不知翻过了多少座山，蹚过了多少条河，也不见长城的影子。盘缠早已用尽，鞋子也磨破了好几双，有时整日里吃不上一顿饭，兄妹还是忍饥挨饿往前走。

这天，天快黑了，喊哥、号妹还饿着肚子在树林里赶路。终于在前面不远处看到有一座破烂的庙宇，兄妹俩实在走不动了，就到里边歇息。不想一坐下，他俩就睡着了。恍惚中，一个白发老翁走了进来，问他们到哪里去？为何睡在这里？兄妹俩如同见到亲人一般，就如实说了一遍，边说边哭。老翁听后，一捋胡须，说："我今天教你们唱个调子吧。记住，你们不管走到哪里，只要有人家就唱，保管别人会给你们饭吃。"说着，教了他们兄妹一遍。说来也巧，喊哥、号妹一唱便会了。兄妹俩都醒来，把梦里的事一对，竟是一模一样，好不奇怪。喊哥说："妹，那老公公定是神仙，我们就照他教的去做吧。"

从此，喊哥、号妹就唱了起来。

喊哥唱道：

走过了一庄又一庄，

庄庄景象好凄凉。

为寻爹爹行千里呀，

想起爹爹好心伤。

号妹唱道：

我爹本住在山乡，

背井离乡长城上。

爹未还家娘惨死，

兄妹二人泪汪汪。

就这样，喊哥、号妹走一个地方，便在人多的地方唱几段，换几个钱，然后又往前走。不知走了多少天，终于来到了长城。

长城上，尽是累累白骨。兄妹望着白骨，嘴里喊着爹爹，不见回答。他们便不停地唱起来。

唱第一天，太阳不敢出来；唱第二天，月亮不愿露面；唱到第三天，连山上的野草也慢慢枯黄了。忽然间"轰隆"一声巨响，白骨堆中露出一个大坑，坑里躺着一个人，正是喊哥、号妹的爹。他们一人拿着一根骨头，沿着来路往回走，边走边卖唱，一直到家，终于把爹的遗骨埋葬在故土了。家乡人觉得兄妹俩的心好唱得也好，便纷纷学唱。因为这曲子是兄妹俩传下来的，所以叫号子歌。这种歌一直流传到今天。

这是一种辛酸的生活歌。但细细想来，每一种歌、每一种号、每一种腔、每一种调，都和人生活历程有关，和家境有关。俺学森林号子是为了挣钱，养家糊口，和那兄妹寻爹简直一模一样啊！

我对号子有一种特殊的感情。我就是不抬木了，但心里还是在唱着号子，默默地自唱。我知道，其实这种长白山森林号子已经深深地刻在我的心底。我这辈子不能不唱这种歌呀！

八、森林的绝唱

我多次走进长白山大森林，去抢救森林文化。

今年春节的大年初二，我又进山了。

在清冷的冬夜，我一个人面对深山远逝的岁月，一切都静静的。唱号子的木帮们都回家过年去了，只有正月里的山里人家的鞭炮时而在清晨或黄昏炸响。

这时候，我倒怀念起号子来了。

在号子王李毓生师傅家，看到病倒在炕上的李师傅憔悴的面容，我心里难过，可我那时是多么希望能再一次听到他的号子啊！但等我说明了我要听森林号子的愿望时，他竟然奇迹般地从炕上爬起来，领我走到院子里，为我唱了森林号子……

哎——挂起来吧

哎呀——

挺腰就起来吧

哎呀——

起来就走吧

哎呀——

往前就走了吧

哎呀——

大肩拐呀

哎呀——

大肩地带头哇

哎呀——

伙计们哪

哎呀——

别愣神呀

哎呀——

别愣神呀……

他的号子，回荡在山野中，夹在风雪里是那么苍凉、古远。

我看见这时的李师傅眼中已闪出大颗的泪花了。他气喘吁吁地看着我……

从前的岁月使他难以忘怀，可是，如今他唱不成了。过了年，正月十五他要进城动手术，还不知能不能走下手术台。

这时，我俩在长白山的风雪中互相对望着，突然间我一下子感受到，那高亢动听的森林号子已经在逐渐地消亡了。这种消亡也许是一种自然的结局，是迟早要发生的事。我听到的号子，已经是大森林最后的绝唱了，这种文化正在急速濒危并逝去。

好在我们采取了许多抢救措施。首先，我们建立了长白山森林号子的传承谱系，也对一些著名的森林号子进行了全面的归集。

在这里，我想起了素素的那种说法"依然在传说"（见素素《独语东北》），通过自身的亲历，她感受到长白山的神圣和神秘，后来她说大山（指长白山）是一个寓言家，它把自己的无限的神奇留在一种精神中。人们永远在寻找着一个老山神，他永远存在，又永远无法与人面对。他是隐藏在大山背后的一个老人。

我想，那可能就是长白山号子王。

他一辈辈地教人去唱，而那个真正的歌神歌王却躲着人们，不肯与人照面。他正消失在茫茫的林海深处，这才是必然。

非物质文化并没有永恒，产生和消亡连在一起。随着时代的进步和社会的发展，新的文化一诞生，旧的文化历程就渐渐地消亡了。这也许是一种必然。那一首首古朴的《伐木号子》《运木号子》《抬木号子》，都闪烁着人性最初的光芒，我们能捉到它这也就足够了。能留下的尽量留下。这也应了冯骥才先生的话，他是在想把长白山的森林文化整体地保留下来，贮存下来，留给未来。

田野考察永远在下边，在深山老林里。

我们还得出发呀！